U0657560

党家磨

DANG

JIA

MO

花 盛 著

作家出版社

花盛，藏族，本名党化昌，甘肃临潭人。甘肃省作家协会会员，甘肃省文艺评论家协会会员，鲁迅文学院学员。作品散见《诗刊》《民族文学》《青年文学》《星星》《诗选刊》《青年作家》《飞天》《美文》等刊，入选《中国少数民族文学年选》《中国年度散文诗》《中国年度诗歌》等多种选本。曾获全国十佳散文诗人奖、甘肃省少数民族文学奖、中国散文诗天马奖、甘肃黄河文学奖、《骏马》杂志年度诗歌奖等多个奖项。出版诗集《低处的春天》等4部，散文诗集《缓慢老去的冬天》等2部。

目 录

辑一

草木之欣

当我们真正经历了背井离乡，

经历了灵魂与肉体的别离，

或许才能真正懂得离别的含义，

才会真正珍惜人与人之间相遇和活着的美好。

青草坡

　　看见青草坡就等于到了老家。在绿浪里爬坡下坡，左拐右拐，等望见一座倒扣的墨斗般的大山时，那就是青草坡。

　　若在冬日，这是一种奢望。阳光温暖，风却尖利，满沟掠夺，令人心生寒意。风掀掉盖在柴火堆上的油布，扔出几里之外，又撕起木门上破旧的对联，揭开山野厚厚的棉被，差一点将我们和牛羊一同推下青草坡。我家就在这个风口，就在洮河岸边，青草坡下，一个叫党家磨的地方。

　　村子极小，以至于在地图上找不到。2008 年，被誉为"陇上都江堰"的九甸峡水利枢纽工程启动，村子迁移到了大漠深处的瓜州县广至藏族乡。还好，新版地图上有地名"党家咀"，也算是一种安慰，我们可以指着地图对子孙后代说，记住，这就是我们的老家。

　　村子仅二十六户人家，但姓氏庞杂，有党、豆、孙、朱、唐等。前后都是大山，村子像一个鸟巢，夹在中间。风撼不动大山，直往巢里钻。受不了冷，我们就去前山捡柴火，像鸟雀筑巢，一根一根衔来。前山叫青草坡，不叫青草山，顾名思义就是长满青草的山坡。在老家，以"坡"命名的山和村子很多，比如安家坡、张家坡、梁家坡、桦林坡等等。事实上，青草坡不仅青草茂盛，且林木繁密，有白杨、白桦、柳树、青冈、沙棘、马尾松及许多叫不上名的树木。

　　青草坡可谓村里的一座"宝库"。天冷了，提起背篼进山，背回柴火取暖。人饿了，挎着竹笼，唤两三姐妹，采来蕨菜、蘑菇、毛榛充饥。没钱了，扛起镢头，夹着麻袋，挖回党参、柴胡、黄芪换钱。农具坏了，溜进青草坡，寻得好料，自己做工具。心烦了，躲进山林，扯着嗓子，吼几句秦腔或洮州花儿，以泄心中悲愁。

老村子迁移后，淹没区上方为五保户修建了一檐水红砖瓦房，算是个全新的村子。七个五保户，大都没有劳动能力，前几年死了两个。我进村时，他们正在青草坡对面的墙旮旯儿晒太阳，东拉西扯，聊一些鸡零狗碎的事，于他们而言，也是事关切身利益的"大事"。他们除了整天跟着太阳从东墙根挪到西墙根外，几乎无所事事。其中一个行动不便，生活不能自理，简单的一日三餐也难以保障。幸好，有最低生活保障补助，每月按时领取，否则他们就是一片雪花，一见阳光就化了。

看到有人来，他们的声音戛然而止。

你来了？老豆一眼就认出了我，拍了拍屁股上的土，一摇三晃地迎过来。老豆，五十多岁，单身，和母亲住在一起。母亲七十多岁，眼睛看不见，走路几乎靠爬。较之于其他五保户，老豆算是稍有劳动能力的。

时间长了，想回家看看。我说。

都淹没了，没啥可看的了。老豆满脸胡楂，挤出一丝笑容。

有你们在，有青草坡在啊。我说。

这里就剩下我们几个，老儿不堪的，指不定哪天说死就死了。老豆说得轻描淡写，我却听得五味杂陈。

和他们一一打过招呼后，老豆带着我四处转。淹没区以上的田地，新栽了花椒树、白桦树、落叶松等。野草疯长，比肩齐高，近乎吞没树苗。没有了牛羊骡马啃食，野草更加任性妄为，没有了人拔草、割草，它们更是随心所欲，甚至无法无天。

拨开野草，就到了青草坡脚下。回头，看老豆跟不上，我说，你回去吧！老豆招手，让我等等。青草坡右边是蕨秧沟，主要放牧牛羊骡马，沟里有条小溪。那时，蕨秧沟几乎全是牛羊骡马，草木被践踏得所剩无几，小溪也奄奄一息。牛羊骡马趁牛倌开小差，偷偷钻进青草坡。尤其是阴雨天，牛倌躲进窝棚，它们就更加肆无忌惮，成群结队地进攻青草坡。青草坡成了它们的天下，牛倌心里明白，却佯装不知。别说牲口，饿极了，人也如此。牛倌是村里专门雇来放牧的，其任务是替大家放牧牛羊骡马，食宿每家每户轮流负责。老豆，曾经也是一名牛倌。

老豆放牧时，知道牛羊什么时候喜阴，什么时候喜阳，什么季节容易生病，什么季节脱毛。在他放牧过程中，谁家也不曾丢失过牲口，也不曾因山高坡陡摔死过牲口。时间一长，老豆成为周边十里八乡的好牛倌，不少村子派人前来出高价雇老豆去放牧，都被老豆拒绝了。老豆说，他生是党家磨的人，死是党家磨的鬼，青草坡就是他的天地，哪儿也不去。很多人说，老豆太固执，死犟死犟的，活该娶不到媳妇。老豆并不在意这些，他只知道那些"千军万马"就是自己的青春，就是自己活着的全部意义。

20世纪初，村里年轻人兴起打工潮，撇下土地，一个个进城打工。出门前土里土气，回来时洋里洋气，有的还带来了外地女朋友。打工的话题，成为年轻人茶余饭后乐此不疲的谈资。那时，老豆母亲还能拄拐行走，看着老豆一直娶不上媳妇，甚是着急，劝老豆过完年也去进城打工。村里年轻人也劝老豆，别放牧了，进城打工比放牧挣得多。过完年，看着那么多牛羊无人看管，老豆心里不是滋味。他母亲找到堂叔，让他带老豆进城打工，堂叔极不情愿，说老豆患有残疾，打工没人找他干活儿，挣不了钱，家里也顾不上，还是死心塌地地放牧。在他母亲近乎乞求下，堂叔带着老豆进城。

城市的繁华让老豆眼花缭乱，来来往往的车流让老豆无所适从，走路小心翼翼，如履薄冰。老豆跟着堂叔在小西湖天桥下等待，很快就有包工头找堂叔，老豆赶紧迎上去。堂叔求包工头带上老豆，但包工头冷冷地说，走路都一摇三晃的，在工地上有个闪失，你负责？想干就跟我走，不想干就拉倒！眼看打工的人一个个都被包工头找去，剩下老豆，孤零零地待在天桥下。十几天过去了，始终无人问津。

老豆说，城里根本不属于他，唯有青草坡没有世间冷眼，唯有青草坡是他不离不弃的家。老豆回到村子后，觉得抬不起头，但大家对老豆的回来，并不意外。用他们的话说，老豆就是为牛羊而生的，是村里最大的"官"，每天有人管吃管住，还管着"千军万马"。我曾暗自许诺，要做老豆一样的"大官"，但我，早已背叛了自己。

老豆继续当着他的"官"，晨起暮归，风雨无阻。一到年关，打工回来的年轻人就说，种庄稼没啥出息，累和苦不说，还要看老天的脸色，一年下来一亩地的收成还不如城里打几天工挣的。许多年轻人放弃种地，变卖牛羊骡马，携儿带女进城。老豆觉得他们进城挣钱不说，还砸自己的饭碗，颇为气恼。牛羊骡马越来越少，老豆心里说不出的酸楚。几年后，村里的山地全荒废了，剩下为数不多的川地。每家都买了播种机和脱谷机，播种和碾场不再用牛或骡马，也不用备草料，大家几乎卖光了家里所有的牛羊骡马。这一卖，似乎卖断了老豆未来的日子，他愈加落寞和孤单。

他时常不由自主地去青草坡捡粪，但粪也似乎突然消失了，老豆愈加绝望。没有"千军万马"，只有老豆孤独的身影，在青草坡若隐若现；没有满坡牛羊的叫声，只有呼呼的风声传递着老豆嘶哑的花儿，冰凉如水，他感觉一下子苍老了许多。

缓会儿，路，我熟。老豆呼哧带喘地晃到我身边，哮鸣夹杂着沉闷的咳嗽，像青草坡刮过来的风。青草坡有无数条羊肠小道，都是牛羊和村里人进山时踩成的。不止是老豆，大家都熟，我也熟。生活在党家磨的人，对青草坡的熟悉程度不亚于自己的家，即使闭着眼睛。

从哪进呢？显然，老豆似乎也找不到进林的路，我也茫然。老豆说，党家磨迁移后，他很少进林。

没有牛羊和人为破坏，青草坡植被恢复的速度惊人。羊肠小道，不见踪影。满山葱葱郁郁，满眼苍翠欲滴。老豆扫一眼山上，拐到一棵树下，撒了泡尿，说，就从这进，记得原来这里有路，应该能进得去。现在，轮到我跟在老豆屁股后面，生怕一不小心，掉进绿浪里，被淹没，冲走。随即又觉得，淹没或冲走，是一种幸福，也是一种惬意的梦想。

想当年青草坡是我和伙伴们的"游乐园"，捉蚂蚱、捕蝴蝶、编草帽、躲猫猫、过家家……老豆时常也会加入我们的游戏，乐不思归。直到一次"开林"，大人们拆了"游乐园"，所有的树木几乎在一夜之间被砍光。青草坡彻底名副其实，除了青草，就剩下白花花的树桩，密密匝匝地挤在一起，抱团取暖。那种绝望和悲痛，至今铭心刻骨。老豆说，都是在造孽。

后来，下过一次暴雨，洪水从青草坡席卷而来，掠夺了山下的庄稼和部分牛羊。从那以后，大家渐渐意识到护林的重要性，重新栽树，雇人护林。

如今，青草坡层林叠翠。枝叶恣心纵欲，勾肩搭背，我使尽全力，也难以掰开。它们，似乎具有很高的警惕性，似乎未曾忘记那场人为的劫难和伤害。但青草坡胸襟宽广，包容了我和老豆的擅自闯入。艰难行进不到五十米，我已浑身乏力，老豆也不见踪影。我有些泄气，索性躺在绿荫里。忽然，我成了一棵小树，在风中手舞足蹈；一会儿又成了一只灰雀，在树枝间欢蹦乱跳；瞬间又成了一滴露珠，在草叶上滚来滚去。等我醒来时，老豆坐在身边嘿嘿嘿嘿地笑。在青草坡的怀抱里，我们是一片片叶子，就连呼吸和老豆的笑也拥有翠绿的色彩。

我问老豆，移民搬迁时，咋没有去？

母亲病情越来越严重，不能长途颠簸，他申请就地以五保户安置，方便照顾母亲。老豆说，哪怕母亲常年卧病在床，只要有一口气在，他心里就踏实，自己也确实不想离开青草坡。

老豆说，将来他死了，一定要埋在青草坡。

实在挤不进去，我和老豆决定返回。起身，见老豆手里攥着几棵一拃长的树苗。

这是什么树？我问老豆。

不知道叫什么名字。老豆挠了挠头，说，它们在树荫下长不大，回去我栽房前，几年就长大了。

老豆的想法是朴实的，像他的名字一样。九甸峡水利枢纽工程一期竣工后，洮水淹没了不少地方，许多地名也就此消失，像我们身边的不少人，走着走着就丢了，活着活着就没了，连个名字都没有留下。有的甚至没有自己的名字，用狗娃、鸡娃、兔娃、牛犊、乌鸦等代替。想到这些，我觉得自己是幸运的，至少，拥有自己的姓名；青草坡是幸运的，依旧拥有自己的名字，朴素，诗意，温暖。

2019 年 7 月

2020 年 6 月改

淫羊藿

　　家里的土炕需要修了，父亲让我去叫狗叔。狗叔是村里有名的盘炕匠，姓张，大家都叫他狗代。盘炕匠除了盘炕外，也会盘锅头（灶台），也叫锅头匠。听父亲说，狗代盘炕的手艺继承于他父亲，他家三代都是盘炕匠。盘炕看似简单，实际上是技术活儿，不能有丝毫马虎。

　　"三亩地一头牛，老婆孩子热炕头"是老家最贴切的写照。每家都有两三座土炕，分别在上房和厢房里。堂屋两边的土炕叫上房炕，一般是长辈居住；厢房里的土炕叫厢房炕，一般是小辈居住。人口多的家庭，也有四座炕的。土炕都比较大，一座炕占据一间房的一半，有四五平方米。为了更好地采光，土炕大都盘在靠窗的位置。春耕过后，农活渐缓，大家就开始翻修土炕。有的是坍塌了的，有的是四处冒烟的，也有的是年月久了，结焦的烟煤堵住了炕洞和烟囱。

　　雪落得不紧不慢，狗叔亦不紧不慢。上午挖坍塌的炕石板、炕基、烟煤，下午砌炕基、选炕石板、和泥。狗叔用了一天半时间，为我家盘好了一座土炕。父亲说，狗叔以前盘炕只用半天时间，现在盘炕慢归慢，但活儿好，慢工出细活儿嘛。狗叔的慢，似乎还有一个原因，父亲没有说，狗叔也没有说，但我从他盘炕过程中，似乎有所察觉，偶尔发呆，老是将基块砌错位置，说话牛头不对马嘴。

　　狗叔家原来在村东头，门前是一块圆形麦场，堆满土块、石头和麦草。麦场前不远处就是洮河。因地理位置不错，较之于村里其他同龄人，狗叔很早就讨到了媳妇。三年后，才生了一儿一女，儿子叫吉祥，女儿叫吉芸，日子过得美满。90年代末，女儿嫁到了邻村，儿子中学毕业后去了南方。用狗叔的话说，吉祥挣了大钱。

有一年发洪水，洮河突涨，狗叔眼看洪水临近自己家大门，束手无策。他媳妇一边扛堆在麦场上的粮食，一边催狗叔赶紧叫人帮忙救灾。等狗叔返回时，别说麦场上的粮食，就连大门也不见踪影。大家破墙而入，帮狗叔卷铺盖、扛粮食、搬家具。洪水退了，狗叔家的上房完好，有幸躲过一劫。当大家歇息时，却不见狗叔媳妇的踪影。狗叔突然像疯了一样，沿河奔跑、呐喊，等大家找到狗叔时，狗叔满身泥泞，眼泪在脸上冲出深深的两道痕迹。

那段时间，狗叔每天都会沿河寻找，天黑了也不回家。父亲说，大家怕狗叔寻短见，白天轮流跟着，晚上由吉芸和女婿照顾。但狗叔媳妇一直杳无音信，生不见人，死不见尸。吉芸和女婿没几天就熬不住，回去了。

几天后，吉祥从南方赶回来，在老屋处哭过一次，也沿河寻过一回。来了就留下，好好陪陪你爹，剩下他一个人孤零零的，怪可怜的。大家劝吉祥，别再去那么远了，万一你爹有个啥三长两短的，也赶不回来。

吉祥不言不语。狗叔觉得儿子或许是太想娘了，才如此。他决定，无论如何要找到他娘。狗叔对儿子说，你见过世面，认识的人多，打听一下，看有没有能探测出地下哪儿有人的仪器。

吉祥依旧不言不语，每天闷头大睡。狗叔愈加心慌，不知所措。他已经没有了妻子，不能再让儿子出任何问题。狗叔啥也不干，就守在没有大门的院子里。夜里，狗叔不敢睡，怕儿子想不开。一次，狗叔试探着让儿子说说外面的世界，或者有没有女朋友之类的事。儿子一骨碌坐起来，满眼放光，说，爹，你跟我去南方吧，南方发展可快了，挣钱门路也多，守在这穷山沟里，一辈子就得受穷。

儿不嫌母丑，狗不嫌家贫。狗叔强压住心中的怒火，再穷这里也是我们的家，再说，你娘还没找到呢。

说这还有啥用？人已经殁了。儿子冷冰冰地说。

那一夜，狗叔和吉祥吵了一架。吵架的声音几乎掀翻了屋顶，邻居说。

后来，在大家的劝说和帮助下，狗叔拆了洮河岸边的房子，在村西头选了一块地方当宅基地。房子用的都是旧房木，很快就盖了起来。但锅头和炕，得重新盘，得重新选石料，得重新打土基块。吉祥反对盘炕，说，现在流行席梦思床，盘炕太土了。

那总得盘锅头，得有做饭的地方吧？狗叔说。

南方已经不用锅头了，用的都是电磁炉、电饭锅、电茶壶。吉祥不屑地说。

都依你。狗叔不懂这些，听得云里雾里，但又不敢跟儿子犟，儿子整天南方长南方短的，担心儿子哪天突然离开自己，去南方。

雪停了，太阳钻出云层，除了山上的雪依然白着，川里早已消融。炕也盘好了，父亲让我去灌二斤青稞酒，说要和狗叔喝几杯。虽然多年没有盘炕了，但狗叔未曾丢失自己的手艺，似乎为我家盘的新炕很满意。父亲和狗叔在另一座土炕上边喝边聊，我在旁边添茶倒水。

狗叔说，为别人盘了半辈子炕，到头来自己却没了炕。

不是有席梦思吗？我问。

席梦思绵软是绵软，就是睡不着，翻个身，咯吱咯吱地响，时间长了，腰疼。狗叔抿了一口酒说，还是土炕好，睡着踏实，再说席梦思也太费电了，插一晚夕电褥子就一度电呢，一年得花多少冤枉钱啊！

农村就适合土炕，暖和，又大又舒服。父亲接过狗叔的话茬。

狗叔的新家，算是当时村里最洋气的房子。尽管还是土房，但装修不比城里人的差。大门是青瓦白墙，门是铁门，水泥硬化的院子干净整洁，两个小花园里种了不少花，还未绽放，就似乎能闻到花香；玻璃暖廊和地面上的瓷砖明晃晃的，有些耀眼，但暖廊里四季如春。堂屋左边两间是客厅，石膏板吊顶，造型时尚。靠墙的位置是电视柜、衣柜、酒柜。电视柜对面是半圈咖啡色沙发，大理石茶几上的玻璃下，压着狗叔儿子在广州拍的许多照片。再往里，是一张偌大的席梦思床，一屁股坐下去，弹上来，晃悠晃悠的，一眼望不到边。堂屋右边一间装修得像餐厅模样，靠窗位置是乳白色餐桌和凳子，靠墙的位置是一组三人沙发和玻璃小茶几。最左边一间是厨房，许多灶具都是当时村里人没见过的。父亲说，狗叔家装修时，村里人天天跑去看稀奇，想帮忙，也帮不上。

这咋住人呢？没炕没火盆没锅头的。装修出来后，村里人都傻眼了，说，狗叔生了个精能骨儿。

狗叔也觉得没法住人，每天一进家门，像是进了别人家的门，不知道镢头、铁锨、背篼该放哪儿，做饭时也不知道该怎么烧水煮饭，拘谨得像刚进门的新媳妇，生怕一不小心犯了错。

吉祥一天不着家门，狗叔又不会用那些电器，吃饭时只能啃干馒头。尽管吉祥教了他好多遍使用方法，他还是记不住，也不敢用，用狗叔的话说，太费电了。

狗叔似乎喝醉了，语无伦次，一会儿哭诉，一会儿嬉笑，一会儿唱花儿。从他的话语里，我知道了狗叔与儿子之间的矛盾。新家装修好半年后，狗叔想为儿子提亲，被儿子拒绝，说装修房子是想让狗叔找个老伴儿，以后好有人照应。狗叔拒绝儿子的好意，说只要儿子留下来成家，安心过日子，他就心满意足。儿子执意要去南方，结果又发生争吵，不止一次。狗叔说，吉祥离开家的时候撂下狠话，这辈子都不再回这个穷山沟。

到今天已经是八百四十三天了，这个没良心的，也不给家里来个信儿。狗叔说，洪水抢走了我老婆，南方抢走了我儿子，电器抢走了我祖传的手艺，你们说，我命苦不苦？苦不苦？

父亲没有回答，默默喝酒。我在一旁，静静地听，不知该如何安慰狗叔。

那天，狗叔和父亲都喝醉了。我帮母亲做熟晚饭时，他们早已鼾声如雷，怎么叫都没有叫醒。母亲说，狗叔这些年不容易，太累了，让他好好睡一觉吧。

第二天中午，我去给狗叔送盘炕的钱。大门开着，家里没人。等了好大一会儿，才看见狗叔慢腾腾地从蕨秧沟出来。走近了，发现狗叔背着两个圆鼓鼓的袋子，一股药香扑鼻而来。

帮狗叔卸下沉重的袋子，我说明来意。

都乡里乡亲的，互相帮衬还给啥钱。狗叔见我执意要给，说，要不等你下次回家时，给我灌几斤舟曲土酒，或者打二斤碌曲酥油。

打开袋子，是淫羊藿。四五月份，在老家蕨秧沟、青草坡一带，淫羊藿成片成片地蔓延。淫羊藿"叶如小豆，枝茎紧细，经冬不凋，根似黄连"。有这样一个传说：南北朝时期，有些牧羊人发现，羊啃吃一种小草后，发情次数明显增多。有一次，陶弘景采药途中，无意间听牧羊人谈及此事，后经实地考察，认定这种小草具有壮阳的作用。由于此草能使羊淫性增加，陶弘景遂将这种草取名为"淫羊藿"。

狗叔扫院子，我晒淫羊藿。满院碧绿的淫羊藿，满院药香。我问狗叔采这么多淫羊藿做什么？

刚结婚那年，媳妇一直怀不上，到处寻医问药，吃过不少药，都没有作用。直到第三年，在一位老中医的建议下，采淫羊藿晒干，磨成粉，和媳妇吃了半年多，就怀上了。狗叔有些不好意思地说，这事可不能给别人说，怪丢人的。

现在还吃？我问狗叔。

早就不吃了，采一些算是个念想。狗叔说，现在也没人盘炕盘锅头了，没地方来钱，采一些卖给药贩子，还能增加点收入，也留一些给吉祥，有备无患，说不定会用得上。

吉祥还是没有消息？我问。

狗叔叹了口气，说，都是命。

我带着满身药香离开狗叔家时，已近黄昏，夕阳将我和狗叔的身影拖得漫长。狗叔像是还有话要说，但什么也没说。我走远了，狗叔还站在门口。

父亲说，"引洮工程"移民搬迁时，狗叔毫不犹豫地廉价处理掉了当时"洋气"的房子，只带了盘炕工具和两袋淫羊藿，就跟随移民大军去了瓜州。

后来，有人说，吉祥在外面欠了高利贷，在外面东躲西藏不敢回家；也有人说，吉祥进了传销，被抓了。是否属实，至今都没有得到证实。但是，每一个春季来临之时，狗叔在遥远的瓜州，他依然会在墙角处种一小片淫羊藿。因为，狗叔心里压着一个愿望，他希望吉祥早点回来，也期盼着这个没有完全倒塌的家庭，人丁兴旺，至于别人的传言，他怎么会去在意呢！

2020 年 6 月

迁　徙

3月的高原，依然白雪飘飞，寒冷无处不在。从老家到县城的路上，雪无休无止，天地一片苍茫。

1

十多年了，脑子里总是浮现着老家的一切，我总爱胡思乱想，无法控制地思念着故乡的风物和亲人的身影。或许，这就是乡愁。对我而言，这种情感是刻骨铭心的，相信还将继续伴随下去，直到生老病死。

2008年初，声势浩大的引洮工程搬迁开始了。之前一年里，许多人都忧心忡忡。听说要迁移到号称"世界风库"的瓜州，乡亲们甚是激动，情绪抵触，甚至以死相拒。工作组一拨接一拨，挨家挨户做动员工作。

老家依山傍水，村后是巍峨高山，村前是碧水洮河。虽然风景好，但属于典型的靠山吃山，靠水吃水。雨水充盈年景，收成较好；遇到旱年，近乎绝收，唯有洮河岸边冲积扇上的庄稼能勉强维持生计。老家山大沟深，交通不便。但乡亲们业已习惯，日出而作日落而息。突然要迁移，大家都舍不得"穷窝"，舍不得渗透汗水的土地。毕竟，他们从过去的一穷二白耗尽自己的青春和心血，才建起了不算富有但却幸福的家园；毕竟，那里的一草一木都散发着熟悉而亲切的味道；毕竟，那里的黄土地埋葬着祖先的骨骸……或许，这就是流淌在血脉深处的故土情怀。

安静的村庄，因为移民，开始喧嚣不止。村民有的跟工作组的人大吵大闹，僵持不下；有的互相撕扯，号啕大哭；有的默默走开，独自思索。不安的情绪犹如风卷起的灰尘，笼罩着心头，令人窒息。

月亮洒下淡蓝色的光芒，轻抚着无眠的村庄。乡亲们三五成群，聚集于村头巷尾，彼此诉说着内心的不安。大家心里都明白，别无选择。每天夜里，仍会不约而同地聚在一起，说那些重复了无数遍的话，叹洮河一样久久不息的气。谁也没有说服谁，鸡叫几遍了，才拖着疲惫之心，各自回家。或许，只有夜空里闪烁的星光，才能照亮他们心中的阴影。家里，冰锅冷灶，似乎无人住过。还未移民，家已不像是自己的家了。

在工作组不厌其烦、苦口婆心的动员下，不少人思想开始动摇。在某种程度上，人们更容易屈服于一种无形的精神压力，甚至捧出自己的良知和信仰。此时，一滴雨或一粒灰尘，就可以击垮所谓的尊严。部分乡亲，对未来没有清晰的认识。他们不曾去过千里之外的瓜州，也不曾长久地离开过"老窝"。面对未知的世界，他们像任凭秋风抽打的叶子，死拽着树枝，不愿离去。

2

九甸峡水利枢纽水库淹没影响区（以下简称库区）主要涉及临潭县王旗乡的陈旗、韩旗、唐旗、中寨、磨沟、王旗，石门乡的石门口、园里，羊沙乡的秋峪、舍科；卓尼县洮砚乡的杜家川、纳儿、结拉、古路坪，藏巴哇乡的新堡、包舍口；岷县堡子乡的堡子、下中寨、武旗，维新乡的柳林、坪上、元山、马莲滩等村，总计涉及三个县七个乡二十三个行政村。

库区总面积 24.6 平方公里，其中陆城面积 20.9 平方公里，水域面积 3.7 平方公里；耕地 11823 亩（含浸没面积），其中水浇地 10116 亩，旱地 1707 亩；园地 122.45 亩，林地 7387.8 亩，牧草地 2733.1 亩，其他用地 3136.7 亩。根据 2002 年调查，涉及农户 2967 户，涉及人口 13115 人（含城镇人口和不搬迁人口），其中：甘南藏族自治州临潭县涉及农户 1001 户，涉及人口 4382 人；卓尼县涉及农户 982 户，涉及人口 4399 人；定西市岷县涉及农户 984 户，涉及人口 4334 人。2005 年在原调查"库区淹没影响实物指标入户登记卡"的基础上，进一步统计分析，截至 2005 年 7 月底，经过复核，该部分净增人口 1288 人。其中：临潭县净增 358 人，卓尼县净增 582 人，岷县净增 348 人。2005 年复核库区总人口为 12838 人，其中：临潭县 4413 人，卓尼县 4507 人，岷县 3918 人。

洮河穿过石门峡，奔腾而去。洮河边的石门口村，共有上队、中队、下队、庄子院、党家磨、元花沟六个社。其中，党家磨就是我的老家，因水磨众多得名。党家磨不大，一共二十六户，有党、豆、孙、朱、唐、高、张等七个姓氏，房头称呼有党家、下磨、上磨、油房、水沟山、高家等，居住分散。村前有一条河，叫党家磨河。河上游有一座石拱桥，叫石门大桥，建于 1986 年，2008 年移民后被炸毁。这座桥，彻底构成了记忆的一部分。

秋后的洮河两岸，庄稼已经收完。老家的土地分两类，一种是旱地，也叫山地，主要种植小豆、油菜、胡麻、青稞、燕麦等，远远望去，像一块块旧补丁，缝在贫瘠山野；另一种是川地，也叫水浇地，主要种植小麦、大豆、洋芋等，土地平坦肥沃，大都呈长方形、梯形。土地是乡亲们的命根子，他们待土地如待孩子般亲切。

父亲说，我和哥哥都赶上了土地下放。家里分到了六亩地，两亩山地，两亩水浇地，一亩五分饲料地，五分自留地。土地少，父母就起早贪黑地务地，将一家人的口粮都寄托在六亩土地上。那个年月，粮食极缺，上缴供应粮后，所剩无几。除此之外，挖草药换钱补贴家用，仍捉襟见肘，入不敷出。乡亲们全部精力都花在了侍弄庄稼上，土里刨食，日复一日年复一年。他们用自己的勤劳和汗水，在贫瘠的土地里耕植希望，与土地结下了深厚的情感。随着改革开放的春风，日子也越来越好了。

谁也未曾想到，在移民动员工作开展以来，乡亲们几乎无人再去侍弄土地了。一片片肥沃的川地收割后，野草疯长，霜降一过，荒草萋萋。一块块浸满汗水的土地，就此荒废。许多老人像失去自己儿女般心痛不已，却又无可奈何。那一刻，他们神情凝重，目光里满是迷茫，像高原提前抵达的落雪，漂白了所有的酸甜苦辣和活着的意义。

乡亲们嘴上说谁要是先签订了移民合同，谁就是叛徒。在心里打着各自的算盘，也都明白移民是必然。一年下来，有一部分户主签订了移民合同，大多数仍在观望和纠结。村民有的说移民政策有了新变化，可选择外迁瓜州移民或者非外迁移民；有的说洮河对岸的洮砚乡移民政策不一样；有的说已经签订的非外迁移民合同又被收走了，众说纷纭，但大都是道听途说。这里的非外迁移民，是指以后靠投亲靠友、自谋职业方式进行动迁安置的移民。当时的原则上是不允许非外迁移民的，否则大部分人都会选择非外迁移民，这将给移民工作带来非常大的被动。

工作组的吃住安排在石门口小学和大队部，那里几乎每天都有争吵的声音，像一场难以平复的战争，硝烟四起。究其原因，一是个别工作人员工作方式方法简单粗暴，容易引发民愤；二是个别村民抱着"死猪不怕开水烫""破罐子破摔"的心态，找工作组的麻烦；三是个别村民受人怂恿，提一些无理诉求，一旦得不到满足，就大吵大闹，鸡飞狗跳。事实上，大部分乡亲淳朴善良，与世无争，涉及个人利益时会尽力争取，大多时候都奉命唯谨。

3

石门口村，第一个签订移民合同的是豆吉平。当时的移民政策，除了合理的赔偿外，最先签订移民合同的户将获得五千元的奖励，而且迁移后优先安置。工作组很快就兑现了承诺，这一消息在洮河两岸迅速传开。

豆吉平的事，对乡亲们起到了极大的激励作用，也遭到了个别村民的"唾弃"。直到现在，提起当年的移民，仍有人破口大骂豆吉平是"叛徒"。

豆吉平和父亲关系很好，他移民瓜州后，经常打电话给父亲。据父亲回忆，很长时间以来，他都得不到亲戚、朋友和邻居们的待见。

豆吉平家门口是公路。逢集时，父亲就在路边摆地摊，有镢头、镰刀等农具和衣帽鞋袜等日用百货。收摊后，父亲就将货物存放他家。每到赶集日，我帮父亲去他家搬货摆摊。一来二去，也渐渐熟悉了。

每年元宵节和农历五月十五，老家要唱戏。唱戏的都是石门口村的村民，豆吉平是为数不多的旦角演员之一，男扮女装，倒也有几分神似。五月十五也叫观园，此称呼从何而来，无从考证。观园是洮河两岸相对较大的庙会之一。豆吉平扮演的旦角，是观园戏台上不可或缺的存在。在那个精神文化极度匮乏的年代，赶庙会看戏是一年之中的大事，谁也不想错过。从记事起，我就对秦腔有着难以抗拒的喜爱，自然对唱戏的演员也是心生敬畏和羡慕。这其中就包括豆吉平，他曾给乡亲们带来了无数欢乐而美好的回忆。

然而，他却被个别人称为"叛徒"。人就是这样，无论你曾经带给他人多少快乐和恩惠，一旦在现实中你难以满足他人合理或不合理的心意时，就会遭到唾弃。其实，大家心里都很清楚，每个人都有权选择自己的未来，他签订移民合同并没有影响任何人的利益，这完全是他自己的选择，与其他人无关。

工作组下设无数个小组，每组三四个人，挨家挨户以豆吉平为榜样，动员和激发群众移民。经过几个月的工作，大部分户主签订了移民合同，也得到了五千元的奖励。但仍有一小部分户主拒绝签字。工作组不断开会，研究解决方案，调整思路，从最初的国务院令第471号《大中型水利水电工程建设征地补偿和移民安置条例》、《国务院关于完善大中型水库移民后扶持政策的意见》（国发 [2006]17 号）、甘肃省人民政府令第 19 号《甘肃省引洮工程移民安置办法》等政策和安置区基本情况的宣传，转向安置区发展前景的宣传。通过移民安置前后人均收入、住房条件、基础设施、农业生产条件、文化教育和卫生等多方面的对比，彻底打消村民的疑虑，解开了他们心中的疙瘩。

茶余饭后，大家依旧聚集在一起，但聊的话题变成了移民后如何致富，从种什么、怎么种到房屋装修，从发展养殖业到做生意，事无巨细地计划着未来的生活。

洮河两岸村庄，不知不觉间萦绕着梦想和希望的暖光。

4

庄子院的老孙与我年龄相仿，没有读过书，父母去世早，自己患有残疾，行动不便，其补偿款由其堂兄代领，迁移后与其堂兄一家生活在一起。

庄子院地处石门口和党家磨中间，斜对石门峡。每家都有自己的果园，满村飘着果香。小时候上学，经过老孙家，院里巴梨树伸到墙外的枝头挂满巴梨，果香直往鼻孔里钻。老孙拿根长杆，捣下几个巴梨给我们解馋。老孙一家四口人，日子过得紧巴。父亲是个木匠，母亲是典型的农村妇女。姐姐是哑巴，身患残疾，不能劳动。上中学后，我再也没有见过她，听说被卖到了河南。父母相继去世后，就剩老孙一人。大家说，老孙太老实，没有主见，别人说什么就是什么。但他很热心，一下雨村道就被冲得坑坑洼洼，他就用自家的架子车拉土铺路，谁家要是需要帮忙，也从不推辞。

前几年，老孙回到老家，盖了四间平房，定居了下来，与我家相距不到百米。每次回老家，我都会去他那里转转，问他瓜州天地广阔，发展前景不错，为何又回来了。他每次欲言又止，直到去年清明，在帮他修挖水路过程中，才得知其因。

头一两年，堂兄待他如亲兄弟，时间一长，矛盾频繁出现。老孙说他每年都出去打工，挣的钱交给了堂兄，家里农活啥的，一样没少干。但每年出门，堂兄从不给他盘缠。由于腿脚不便，他想买个电动车，问了堂兄多次都没有结果。后来，他多了个心眼，悄悄攒了点钱，又向别人借了点，才买了电动车。

农闲时，他就去割草。一次，电动车坏在半路上，他打电话让堂兄帮一下，从上午十点多直到天黑，也没见堂兄，他只好一瘸一拐地推着电动车回家。

还有一次，老孙去地里干活，回来时门口堆了四十袋水泥，有的破了，撒了一地。他一个人将所有水泥扛到了堂兄指定的地方，谁也没有帮他。说到这里，老孙望着庄子院的方向，突然沉默了，像一阵风戛然而止。

老孙说他一开始并没有打算回来，但太多事情让他委屈，难以再住下去。

迁移时老孙没迁户口，听说老家重建，他下了决心离开瓜州。找到石门乡政府，告诉了自己的经历和想法。乡上经过详细调查，给老孙一个重建项目。在大家的帮助下，修建了四间平房，终于有了属于自己的家。

家有了，钱却没有。他决定去找堂兄讨要属于自己的拆迁补偿款。他想找移民过去的亲戚邻居作证，但大家都怕得罪人。他去县移民局复印了原始凭证，又一次踏上了去瓜州的路。

堂兄承诺每年给他还三千元，一直到还完为止。老孙没有同意，他要求堂兄一次性还清所有拆迁补偿款，并承诺无论以后生老病死，或者发生什么意外都不会再找堂兄。堂兄不同意，他找到瓜州法院、司法局、广至乡司法所咨询，开具了民事证明。后又和堂兄一起回到老家，经过多方协调，堂兄终于一次性还清了拆迁补偿款。

一个人过，自由自在，闲了打扫村道，捡拾周边的垃圾，管理村里的庙，照顾五保户。他说，再不需要看别人的脸色生活。和没有移民前比，生活好很多，但那时有父母，不孤单。

我问他有没有想过找个老伴儿。他说，一个巴掌拍不响，太迟了，都是命！一声叹息后是长久的沉默，沉默后是埋头修挖水路的声音，沉闷地回荡在耳边。

已是清明了，飘雪依旧，春天遥遥无期。

5

石门口小学在村中间，周围是一人高的土墙。两扇木门破旧不堪，风一吹，吱扭吱扭地叫。门顶上，长着几束枯草，两边的木板上刻着"百年大计、教育为本"八个掉了漆的大字。院子很小，四栋瓦房，十二间房屋，屋顶长着荒草。院角老气横秋的花椒树上，挂着一口残缺的钟，吊着半块生铁。

1986年的秋天，我第一次踏进校门，就对那口钟产生了好奇，总觉得那钟声有无穷的魔力，把调皮的孩子们驯得服服帖帖。敲钟的人除了老师，也有学生，甚是羡慕。为能获得敲钟的机会，我暗自努力学习，并记住了敲钟的秘诀："一下、二上、三预备、乱放学。"后来，我在梁家坡小学当了一名乡村教师，拥有更多的敲钟机会，但我留给了学生，以此鼓励曾经和我一样用功学习的孩子。

院子左边有七棵白杨树，一字排开，为整个校园洒下仅有的一丝绿荫。中间是一个用玻璃瓶倒栽在土中围成的小花园，一株黄刺玫还未凋谢，蜜蜂嗡嗡地飞着。移民搬迁后，我写了一篇散文《秋天的怀念》，刊发在《中国民族教育》2010年第11期上，以此表达对母校及启蒙老师的怀念之情。

这一年，我从梁家坡小学调到了石门中心小学，离老家不远。对于大山深处的农村人来说，有一份稳定的工作不易，何况是"没大福没大害"的教师职业。四叔就是民办教师出身，后来转正，乡亲们羡慕不已。红白喜事，四叔都是座上宾。四叔写得一手好字，写对联，记礼单，是不二人选。四叔读书多，说话做事总在理上。我从小的梦想就是当一名乡村老师，其中就有四叔的影响。

较之于民房，学校拆除得最晚。后来，我专门去看过，到处是残垣断壁，风起尘扬，一片狼藉。路两边皆是废墟，无数被烟熏黑的庄廓，像一个个黑洞，深不见底。

我家和四叔家一样，子女都在临潭本地工作，老人移民瓜州无人照顾，工作组考虑到实际情况，与父亲、四叔签订了自谋职业的合同。弟媳即将临产，工作组的人半开玩笑道，若移民瓜州，生了儿子叫瓜临，生了丫头叫瓜娥；若不移民，生了儿子叫生临，生了丫头叫生娥。听着有趣，实则委婉地表达了对我们一家没有移民去瓜州的不满。

移民前，贩木材、牛羊、粮食的人，一拨拨拥来，进村穿巷，以最低廉的价格"掠夺"着乡亲们舍不得卖掉又难以带走的东西。看着平日里辛辛苦苦用汗水换来的东西被一车车拉走，大家在临时搭建的帐篷里默默叹息和流泪。洮河两岸的树木也被一棵棵砍掉了，老人们说，有的树已经几百年了。白花花的树桩一个接着一个，发出刺眼的光芒。村里断了电，我家也很快就要拆除了。父亲拒绝了低价收购房木的柴贩子，将房木一根一根地背到淹没线外的村子寄放。几天后，柴贩子又来了，出价更低，软磨硬泡下低价收走了房前屋后父亲栽植的无数果树。

移民搬迁分三批去了瓜州。那段时间，整天阴雨绵绵，像乡亲们的泪水，默默流淌。无数军车停在村道，武警战士们整天帮乡亲们搬东西，装车，满身泥泞，浑身湿透了也不歇息一会儿。天黑了，他们在帐篷里生火做饭。饭熟了，自己不吃，先给乡亲们吃。每一批乡亲们离开的时候，认识和不认识的人都来送行。有的紧握着手不愿撒开；有的相拥而泣；有的硬塞一些盘缠和干粮；有的静静地坐在一起，不说话不哭泣，眼中却已溢满了泪花。汽车启动的那一刻，所有送行和被送行的人像疯了，送葬般号啕痛哭，压抑许久的泪水奔涌而来，撕心裂肺的声音响彻云霄。似乎这一别，就是一生，天人永隔，再难相见。后来事实证明，这的确是一次生死别离，短短十年里，已经有不少人相继离世。他们中有老人，也有孩子，但都难以落叶归根。也许，当我们真正经历了背井离乡，经历了灵魂与肉体的别离，或许才能真正懂得离别的含义，才会真正珍惜人与人之间相遇和活着的美好。

送完第三批乡亲后，我写了一首短诗，刊发于《诗刊》下半月2009年第3期，题目叫《离开》——

像飞翔的河流，我要离开故乡

离开三十年来酸涩的村庄

去寻找陌生的烟尘。在此之前

我沉默着，像一块石头经历着

被风化的疼痛以及暗藏的内伤

命运的马车就站在门外

我一边整理残存的手稿

一边以烈酒祭奠亲人沉睡多年的魂灵

收住眼泪，收住悲痛

像收住生命的缰绳。在不断地回首中

故乡与我的距离越来越远

最后像两道深深的辙痕

一道是昨天，一道是明天

中间是夜色一样漫下来的痛

这一年，父母苍老了许多，两鬓突增的白发像高原终年不化的积雪。我也神情恍惚，好几次骑摩托车差点摔死。老家迁移后，哥哥住在城关镇卓洛路，弟弟一家搬到上河滩村安了家，我则住在学校的宿舍。去弟弟家或哥哥家。像是回家，又不像，每天都感觉在漂泊。

这一年，洮水很快淹没了两岸的村庄和田地，许多熟悉的东西开始在回忆里活着，愈来愈清晰。

6

村里老人们回忆，引洮工程曾于1958年开工建设，计划引洮河水到董志塬一带。那时候父亲年龄虽小，却记得当时来了许多外地人，在洮河岸边安营扎寨，劈山开岭。到处都是人，没有大型机械，只有拼人力，工程难度可想而知。但就在那样艰苦的生活条件下，硬生生地在陡峭的石门峡石壁上凿出了五六米宽的水渠。许多老人说，那几年引洮工程死了不少人，但大都无从考证。

我查阅了大量资料，引洮工程具体的开工时间是 1958 年 6 月 17 日，工程采取"边测量、边设计、边施工"的方式进行，十多万建设者高举着"水不上山不回家"的保证书，在洮河畔向世人宣示了大干苦干的决心。宏伟的工程规模，高涨的革命热情，引起了举国上下的关注。但限于当时的技术水平和经济条件，终因工程规模过大，国力民力不支被迫于 1961 年 6 月停建。三年建设期间，国家共投资 1.6 亿元。

这里摘录一段资料，以便更准确地了解引洮工程的背景及意义——

洮河是黄河上游较大的一级支流，发源于甘、青两省交界处的西倾山北麓，在永靖县境内汇入刘家峡水库，全长 673.1 公里。洮河流域总面积 25527 平方公里，涉及碌曲、临潭、卓尼、夏河、永靖等 12 个县。河源高程 4260 米，河口处高程 1629 米，相对高差 2631 米，多年径流量 49.2 亿立方米。上世纪 80 年代以来，甘肃省委、省政府重新启动引洮工程的前期工作，并于 1992 年将引洮工程列为甘肃中部地区扶贫开发的重点项目。根据不同时期全省及当地经济社会发展需求，经过十多年的设计论证，不断调整用水思路，确定引洮工程是以解决城乡生活供水及工业供水、生态环境用水为主，兼有农业灌溉、发电、防洪、养殖等综合利用的建设项目，从而实现水资源的优化调度，从根本上缓解该地区水资源匮乏的问题。引洮工程供水范围西至洮河、东至葫芦河、南至渭河、北至黄河，受益区总面积为 1.97 万平方公里，涉及甘肃省兰州、定西、白银、平凉、天水 5 个市辖属的榆中、渭源、临洮、安定、陇西、通渭、会宁、静宁、武山、甘谷、秦安等 11 个国家扶贫重点县（区），155 个乡镇，总人口约 300 万人。2002 年 9 月 18 日，国务院讨论通过了《甘肃省洮河九甸峡水利枢纽及引洮供水一期工程项目建议书》，2006 年 7 月 5 日，国务院常务会议审议通过了《九甸峡水利枢纽及引洮供水一期工程可行性研究报告》。引洮供水一期工程总投资 36.98 亿元，国家定额

补助 19.7 亿元，甘肃省配套资金 17.28 亿元，工程建设工期为
6 年。

这个被誉为"陇上都江堰"的引洮工程，历经半个多世纪几代人
的不懈努力，于 2014 年底正式通水。这一甘肃水利史上投资最大、规
模最大的民生工程，是兰州、定西、白银、平凉、天水等地几代人的
"圆梦工程"，是改善水资源生态、惠及子孙后代的"德政工程"，更
是洮河两岸无数百姓"舍小家、顾大家"的"爱心工程"。可以说，在
这场移民搬迁过程中，工作组抛家弃子，吃住在村，全年无休，风雨
无阻，做了大量艰苦卓绝的工作，尤其是洮河畔的乡亲们为顾全大局，
做出了巨大的牺牲。他们很普通，很平凡，但他们都是英雄，是引洮
工程伟大篇章里不可或缺的存在。

在号称"苦瘠甲于天下"的陇中大地有这样一段顺口溜——

> 麦苗子干来谷叶叶蔫，
> 旱塬上冒起了青烟。
> 朵朵白云山尖上旋，
> 干着急不见个雨点点。
> 端上半碗干炒面，
> 粘牙着没一口水涮。
> 碱沟里苦水闭气着咽，
> 苦涩咸麻聚舌尖。

古人云："水安则邦安，水兴则邦兴。"正是源自高原洮水的惠及，
彻底改变了陇中大地上人们世世代代喝窖水的命运。洮水滋润的陇中
大地容光焕发，熠熠生辉。

穷家难舍，洮河畔的乡亲们最终牺牲小我，顾全大局，选择移
民。他们在大漠深处的白旗堡，在广至藏乡的广阔天地里，重建了又
一个具有江淮遗风的美丽家园。

移民后的老家，牛羊陡减，加上周边群众做饭、取暖都不再用柴

火，几年下来，周边山上的植被恢复速度惊人。山下淹没区自然形成了很大的堰塞湖，碧水荡漾，可谓真正的绿水青山，人间仙境了。我拍小视频发到发小群里，大家说很怀念老家，但却没有要回来看看的意思。一个发小说种了许多枸杞和棉花，忙得没空回老家探亲。按市价预算，今年估计能收入十五万元以上。

看着发小们从遥远的瓜州发来的视频，我为他们拥有比以往更幸福的生活而满心欢喜。他们邀请我去瓜州做客，一直未能成行。有个发小发来了一段视频花儿——

腰两道么腰一道，
见你就是这一遭，
再见你是我死了（láo）。

看来，我该去一趟瓜州了。否则，这将成为我人生最大的遗憾和心灵永远的愧疚。

2019 年 4 月
2020 年 5 月改

一棵树的孤单

村庄对面有一座大湾山，山上光秃秃的，只有一棵枯树孤单地站着，像一位老人。

村里的老人讲，山上曾绿树成荫，这棵树底下有一眼清泉，泉水甘洌可口，人们称它为泉神树。后来，旁边的树木被砍伐光了，只有这棵树一直留到了现在。我在这棵树的周围未找到一滴水，连杂草也荡然无存，更不用说一眼清泉了。坐在树下时，我宁愿相信"神"的存在，至少它可以让更多的树存活下来，让更多水浇灌这片贫瘠的土地和失血的思想。

那时候，每家每户烧火做饭盖房用的柴火都来自大湾山，后来砍光了，又去另一座山上砍，年复一年，山上遍体鳞伤，只有大湾山的那棵树没有被砍，孤单地存活着。一棵树的一生就是一个人的一生，从生根发芽到萧条，经历了岁月的嬗变和风霜雨雪的侵蚀，以及生命的兴荣枯衰。然而，相对一棵树来说，人是何其渺小啊，如烟似雾，浮生若梦。

但谁又能洞察一棵树濒临灭绝时的孤单呢？它的孤单是一种悲悯的大情怀，它以牢固的根须洞察着人类日益萎缩的灵魂，同时，也拯救着人类的生命之源。我分明看见这棵树沧桑的躯体上铭刻着尘世万物生死存亡的纹痕——诞生、挣扎、存活、衰亡。

然而，生命的颜色在我们的视线中渐渐缩小，令人茫然无助。树木一棵一棵地被伐倒，运走，荒芜的大地上水泥钢筋铸就的空间在一层一层地升高。当大地像被遗弃的母亲，裸露着身子行走在人类面前之时，我们将如何面对？当她苟延残喘地说出"何处是归宿"时，我们将如何弥补自己犯下的罪行？

我不禁想起一位哲人曾说过的一句话：当人类学会砍第一棵树时，文明便开始；当砍最后一棵树时，文明便结束。

当风刮过时，这棵树发出"呜呜"的声音，久久地回荡在大湾山，回荡在故乡的上空，回荡在我的心头，仿佛一位孤单的老人在哭泣，令我莫名地惆怅。

2013年9月7日，习近平总书记在哈萨克斯坦纳扎尔巴耶夫大学回答学生问题时指出："建设生态文明是关系人民福祉、关系民族未来的大计。我们既要绿水青山，也要金山银山。宁要绿水青山，不要金山银山，而且绿水青山就是金山银山。"一时间，"绿水青山就是金山银山"的发展理念逐渐深入家乡每个人的心中。牛羊对植被的破坏不亚于人，大家便开始卖掉牛羊，发展种植业；盖房也由原来的土木结构转变成了砖混结构，取暖做饭不再用柴火。几年下来，大湾山和相邻的山上植被恢复很快，而且有贫困户当护林员，每年有五千元的补助。

今年清明节后，我随村里的护林员老孙去村对面的山上转，刚走到半山腰，发现早已茂密得"挤"不进去了。过去，我们放牛放羊，满山都是路，闭着眼睛也能找到上山下山的路。如今，身在其间，转身都有点困难。

老孙说，进不去了，歇会儿吧。刚坐下，老孙便唱起了花儿——

红细柳的一丈权，
如今变化实在大，
扶贫政策把人人都没忘下（ha），
叫我们父老乡亲都富下（ha）。

镰刀儿割下（ha）草着尼，
环境保护搞着尼，
搞得稀不好着尼，

野鸡兔子林里跑着尼。

线秆儿捻麻线着尼，
小康村天天建着尼，
新房子一排排站着尼，
就像把好日子盼着尼。

老孙的声音虽然有些苍老，却唱出了新时代乡村的新变化，也唱出了大山深处父老乡亲对美好生活的向往和憧憬。花儿在满目苍翠欲滴的山林间萦绕着，荡漾着，似乎花儿也成了一缕绿色的阳光，我们自己也成了其中的一抹绿。

2006 年 12 月初稿
2016 年 5 月改

白桦林

1

天刚蒙蒙亮，巍峨绵延的大山凸显苍凉。薄雾为白桦林涂上浅浅的水层，泛着淡淡的光泽。一群孩子像调皮的麻雀，叽叽喳喳地穿过白桦林，在崎岖狭窄的山路上手牵着手慢慢向山下溜去。

鸡鸣打破白桦山的静谧，十几户人家的小村，在晨曦里渐渐清晰。破旧的小屋内，林娃起床，叠被，洗脸，重复着年复一年，日复一日的生活。他在有小豁口的淡灰色碗里倒了点水。水已经凉了，看不到一丝热气，他仰起脖子，咕咚咚地灌了一大碗。一块面皮翘起的青稞面锅巴是他的早点，胡楂上粘着的馍馍渣时不时掉在地上。一个响亮的饱嗝似乎惊醒了沉思的林娃，他喝完碗里仅剩的一点水，趴到炕边，翻出那双陈旧的军用黄球鞋换上，使劲跺了跺脚，鞋边上的泥巴掉落干净。尽管已经旧得不像样子了，但还没破。

黄球鞋陪伴着林娃已经十余年了。想起这双黄球鞋，林娃心里暖暖的。鞋是父亲留给他的，那年林娃十八岁。林娃高中毕业后，考上了一所高职院校，嫌学费贵，硬是倔强地放弃了。父亲很无奈，只能看他整天除了干农活儿外，大部分时间跟在自己屁股后面穿行在那片白桦林里，风雨无阻。

父亲去世前，从炕角母亲离开时留下的小木箱里找出一双崭新的黄球鞋亲手交给林娃。父亲拉着林娃的手说："山是爹，水是娘，树是爹娘的心头肉，照顾不好爹娘，我们就是不孝子，就是千古罪人。"父亲气息微弱，声音很小，却说得坚定有力。林娃后来知道，黄球鞋是乡上给父亲发的奖品。

林娃从屋里出来，扛起挂在屋檐下的锄头，走向远处。小路上渐渐缩小的背影，融进了白桦林里。

2

一缕缕炊烟，被暗下来的暮色拖拽着，绕来绕去，直到天彻底黑了。

晚饭后，大家三三两两地来到李顶梁家。玻璃暖廊里白炽灯贼亮贼亮的，李顶梁的大女儿李花花正趴在一张大理石茶几上写作业，几只蛾子不知道从哪儿钻进来的，绕着灯飞来飞去，搅得花花没法写作业。厢房里大人们的说话声比蛾子的嗡嗡声更让她烦躁。她便一遍又一遍地大声朗读叶赛宁的诗《白桦》——

在我的窗前，
有一棵白桦，
仿佛涂上银霜，
披了一身雪花……

我刚从乡上回来，乡上说要响应党中央的号召，大力保护生态环境呢。李顶梁端坐在炕里头，抿了一口茶，接着说，再不能砍树铲草皮了。

不让砍树？你叫我们拿啥盖房子，不让铲草拿啥烧炕？村民李卯生极不情愿地打断李顶梁的话。

李顶梁瞪了一眼李卯生，早前照明用清油、煤油，现在用电灯照明不是更亮了吗？

坐在炕沿的几个人，有的脸上露出无所谓的表情，有的点头称是。

照明是照明，和烧炕、做饭不一样，李卯生嘟嘟囔囔的。

李顶梁的妻子在炕底下纳鞋，突然停下手中的针线活儿说，现在炕上是电褥子，做饭是电磁炉，谁还砍柴做饭？

李顶梁被媳妇的话吓了一跳，他摆了摆手，这里没你的事，你去叫一下林娃。尽管李顶梁时常提醒妻子不要在开会的时候插话，免得村里人说自己是"气管炎"，但妻子刚才的话帮了自己的忙。

李顶梁妻子从凳子上腾地站起来，摔门而出。满屋子的人都窃窃地笑，李顶梁的脸唰的一下就红到了耳根。他咳咳嗓子，乡上说了，我们要选一个护林员呢，把我们村的生态环境保护好呢，不能再破坏了。

有啥好处？大家几乎异口同声，每个人脸上闪出一丝惊喜。

乡上说，每季度给一袋面粉和三百块补助！

还没等李顶梁说完，李卯生站起来，举手，选我吧！

大家哄笑。有啥好处也轮不到你，就知道占小便宜。李顶梁抬手示意李卯生坐下。

李卯生狠狠地一屁股坐下，似乎要压塌炕似的，脸涨得通红。

门吱扭一声开了，林娃带着一股夜风推门进来，笑着说，我最爱听花花朗读的诗呢！

李顶梁接着说，林娃是我们村的困难户，没儿没女，我看就选林娃吧，他爹以前还得过全乡优秀护林员的奖呢，大家有没有意见？

李卯生看大家都举手了，迟疑了一下也慢慢举起手。只有林娃没有举手。

你不愿意？李顶梁见状，安慰道，你看，大家都选的你。

不是不愿意，我爹和我为那片白桦林几乎把大家得罪完了，选上我，怕又得罪大家。尽管林娃早已把那片白桦林当成了自己的命根子，此刻却有些犹豫，脸上露出无奈。

有党的政策和村两委班子撑腰呢，不用怕。李顶梁鼓励林娃说，有啥困难我们大家帮你解决。

我们都支持你！大家向林娃投去信任的目光。

你看看，大家都同意你当我们村的护林员！李顶梁高兴地说，你可得给我们村看好那片白桦林哦！

林娃满怀信心地说，大家放心，我一定会看好的。

这就对了！李顶梁继续道，总书记说了，要像保护眼睛一样保护生态环境，我们一定要保护好我们的这片青山绿水。

深夜，林娃没有睡意。一棵棵白桦树像荡秋千似的，在他脑子里晃来晃去。林娃走出门，远远望去，白桦山和更远处的山峦婴儿般熟睡，在银色的月光下，泛着像梦一样的光芒。

3

白桦山村是个小村子，坐落在群山深处。除了一些大大小小补丁样的田地外，村子周围都是茂密的白桦树林。一年四季，树林里鸟鸣不断，像一曲永远唱不完的歌儿。

林娃每天早出晚归，像保护自己的眼睛一样，保护着每一棵白桦树。这天，他又早早地来到白桦林里，用草绳绑护小树。绑好后，又去旁边空地上忙。

林娃，栽树啊？李卯生走过来。

你干啥来了？

就转一转。李卯生在林娃旁边坐下。

你是不是又在打哪棵树的主意？林娃警惕地看了眼李卯生。

不就是以前砍过几棵树吗？有啥大不了的。

我警告你，最好不要打任何一棵树的主意。林娃停下手中的活儿，郑重其事地说。

这林子是你家的？李卯生轻蔑地问道。

不是我家的，也不是你家的。是大家的。

李卯生辩解道，既然是大家的，那就有我一份儿啊！

林娃说，你的那份儿早被你糟蹋完了。

李卯生的哥哥李辰生牵着牛经过，取出烟递过去，你俩别吵了，抽根烟消消气儿。

装回去，谁也不要抽烟。

还跟我赌上气了？李辰生有些尴尬，做了个无辜的动作。

林子里不能抽烟，很危险的。林娃解释道，地上有干草，容易着火。

真是不识抬举，我们走。李卯生给自己找了个台阶，拉着哥哥走了。

阳光透过树缝，照在林娃的脸上，晶莹的汗珠从他略带沧桑的脸上滑落下来。微风徐徐，整片白桦林像绿色的海洋。放学归来的孩子，穿过白桦林间的小路，唱着欢快的歌，向炊烟袅袅的村庄走去。

4

天阴沉沉的。屋檐上晶莹的雨滴，摔碎在地上，溅起微小的雨花。

林娃从墙角找出一双雨鞋，抖了抖那件旧雨衣上的土，转身取下挂在墙上的一顶旧草帽，出门看树去。

被雨洗涤过的白桦林，苍翠欲滴。每一片叶子都像是一颗颗明亮的眼睛，林娃觉得它们说的悄悄话只有他听得懂，听得清。

林娃在白桦林里一棵一棵地查看新栽的树苗。突然，他好像发现了什么，快步走过去，迅速刨开碎草，一棵新树桩出现在眼前。林娃的心像被针扎了一下，隐隐地疼痛。他继续在林子里找，发现了一个又一个新树桩。凭他多年护林的经验，认定这一定是昨晚下雨时被人砍的。他表情凝重地查看完整个树林，迅速转身，向李顶梁家跑去。

主任，出事儿了，出事儿了。林娃一把推开大门，急切地喊道。

人家到乡上开会去了，有啥事你给我说。李顶梁妻子从屋里出来，惊讶地看着满身泥泞的林娃。

啥时候回来呢？林娃急切地问。

这我从哪儿知道啊，路上又远又滑的，能不能赶回来还说不上。

没等李顶梁妻子说完，林娃便闪出了门，不见踪影。

雨后的白桦林里，小路湿滑，路边的青草、树枝上挂满了亮晶晶的水珠。各种鸟鸣此起彼伏，在树林里回荡着，像一曲曲美妙动听的歌儿。

林娃没有心思欣赏这些，那些树桩像巨大的石头，压得他喘不过气来，他只想找到那个挖掉爹娘心头肉的不孝子。

一不小心，林娃摔倒在地，脸一下蹭倒了几个破土而出的新鲜蘑菇。他盯着蘑菇，脸上露出浅浅的微笑。小时候，他们几个小孩儿，挎着竹笼，整天跟在爹身后到树林里采野菜，捉迷藏，编花帽。累了围在爹身边，问个没完没了——

地上为啥长蘑菇啊？地上湿润。地上为啥湿润啊？有白桦林。地上为啥长白桦林啊？有山泉。地上为啥有山泉啊？有大山。山是啥？山是爹。水是啥？水是娘。那树呢？树是爹娘的心头肉。

一晃三十多年过去了。白桦林已经伴随着自己长大了，它们像自己的爹娘一样，深深地扎根在他的心灵深处，风雨无撼。

5

从白桦山到乡上有四十多里，下了白桦山，再翻越一座叫青杠的小山，就能远远地看见乡政府所在地。那是个比白桦山村大十几倍的村子，一条河流穿村而过，河两岸是错落有致的土房。

娃，看到了没？那就是乡上。爹说。

林娃第一次跟着爹去乡上，在青杠山顶歇息的时候，沿着爹手指的方向看去，他一眼就看到了一个大大的村子和村子上空闪现的红点。

爹，那个红点点是什么？六岁的林娃，对白桦山外的世界充满了好奇。

那是红旗！五星红旗！爹抚摸着林娃的头说。

它是怎么飞上去的呢？林娃满脸疑惑。

它下面有旗杆，是用咱村儿的白桦树做的。

为啥要把红旗挂那么高啊？

红旗就像太阳，只有在高处，才能照亮更多的地方。

林娃似懂非懂地点点头，认真地说，爹，我也要做一个旗杆！

我娃就是旗杆！爹胡子拉碴的脸上露出欣慰的笑容。

雨渐渐大了，蜿蜒陡峭的山路更加泥泞湿滑。天地灰蒙蒙一片，像一张灰暗的纱帐蒙住了林娃的眼睛，看不清远方，也看不清脚下的道路。

雨水顺着脸流，林娃揉眼睛的时候，脚下一滑，摔下两丈高的悬崖，重重地落在泥坑里。他艰难地爬起来，没挪动多远，又摔滚下去。不知道摔倒了多少次，也不知道滚了多少次，当林娃用尽最后一口气爬到青杠山顶的时候，浑身早已被泥泞和血液裹得难以辨认。冰凉的雨点打在他的脸上，没有一丝感觉。他似乎看见了那个越来越大的红点，映红了整个大山，像母亲的怀抱。

林娃在母亲的怀抱里永远睡着了，雨滴敲打着他嘴角的一丝微笑。

乡上和村里一起为林娃举行了一场白桦山有史以来最隆重的葬礼。村里捐出最平整的田地给林娃当坟地，周围栽上了白桦树苗。栽完树，李顶梁从口袋里拿出一张皱皱巴巴的纸，大声念道——

> 林娃走了。从今往后，每年清明节，我们以林娃的坟为中心，在周边种树，每家十棵树，一代代种下去，我们要让白桦林替林娃活着。从今天起，我们白桦山的每个人都是护林员，都是白桦林的主人，谁要是砍一棵树，就是李卯生的下场！

李卯生背铐着手，跪在坟前，耷拉着脑袋，目光呆滞。

葬礼后的第二天，李顶梁和乡上的林业干事组织白桦山村的几个年轻小伙，为每一棵白桦树编号，登记造册。

林娃去世后，李花花每个周末放学回来，都要到他的坟前，读叶赛宁的那首《白桦》——

> 在我的窗前，
> 有一棵白桦，
> 仿佛涂上银霜，
> 披了一身雪花。

毛茸茸的枝头，
雪绣的花边潇洒，
串串花穗齐绽，
洁白的流苏如画。

在朦胧的寂静中，
玉立着这棵白桦，
在灿灿的金晖里，
闪着晶亮的雪花。

白桦四周徜徉着，
姗姗来迟的朝霞，
它向白雪皑皑的树枝，
又抹一层银色的光华。

　　她的声音很小，却像鸟儿的啁啾，回荡在林娃的坟头，回荡在白桦林里，回荡在群山间，久久不绝。

2018 年 3 月

探春花开

探春花开了，在周末的一个早晨。

三月的甘南春寒料峭，天气依然冷得刺骨，怎么会有花儿盛开呢？住在同一宿舍的学员告诉我说，那是探春花。

我跑出去仔细端详。花园里枯黄的草坪间零星地点缀着些许浅浅的绿色，一簇簇探春独自绽放着，那么耀眼。土色的枝干上缀满花蕾，有的紧紧地缩成一团，有的索性盛开着，露出她那粉嫩粉嫩的脸颊，煞是灿烂迷人。我凑近看，一股清香扑鼻而来，那么清纯，那么芳香。像童年的一次记忆，飘进脑海，我再次忆起三十年前的那枝探春花。

小春是我的邻居，她父亲因为做生意而被批斗后，她们一家一直被村人耻笑和唾弃。我和小春却是最要好的朋友，我时常背着大人们去小春家玩。小春的父母起初很是惊讶，后来渐渐地对我很热情。

她妈妈告诉我，小春出生的那天，她家院子里的探春花开得很艳，似乎是一夜之间为她的女儿绽放的。于是，他们给女儿起名叫小春，没有很特别的意思，只是在所有人都冷落他们时，还有一簇簇探春花为他们新生的女儿而绽放。因而，他们爱着女儿，也爱着探春花，女儿和探春花构成了他们生命中不可或缺的一部分。很长时间，他们沉浸在自己的幸福里，一切是那么简单而温暖，我深深地感受到了她们的真诚、善良和淳朴。

后来，村里的许多小朋友和我一样，都喜欢到小春家玩，大人们也渐渐地和小春一家人和好起来。小春的父母很勤劳，起早贪黑，一有闲暇便帮邻居们的忙。小春和她的父母一样，有着一颗探春花一样的心——纯净、灿烂、热情。人们在艰苦的年代因为某些原因而邻里不和，而我们一群小孩却用花儿一样的心灵改变了大人们世俗的眼睛，我想，这是不是小春的父亲从外地买来探春花苗的寓意呢？

然而，花儿总归会凋谢的。在小春中考那年，因为长时间的刻苦用功，她晕倒在考场上。我和同学们一起到她家看望，她的脸色已失去往日的青春和阳光，苍白得令所有人窒息，泪水在每个人的心里默默地流淌。

小春，最终还是离我们而去了，在一个飘满雪花的冬天，永远地离开了人世。天空的心疼痛而冰冷，下起了满天的雪花，为她铺开一条通向天堂的道路。

多年过去了，我的心似乎已经被世俗的生活折磨得麻木了，但当我再次看到探春花时，眼睛湿润了，一种酸涩在心底默默地流动。探春花，这春天的使者，多么像我们失去的小春，有着花儿一样纯洁、灿烂、向上的心。人生总是在不经意间失去了很多值得珍惜的东西，而这些东西恰好是我们在生活中不可或缺的一种品质。

久久地蹲在花园里，凝视着一朵朵盛开的探春花，方知春已经来到了我们身边，又将离我们匆匆而去。

我想，我们必须得与探春花一起启程了。

2010 年 4 月

野 菜

阴山上的积雪虽然还未融化，阳山的山坳处已露出浅浅的绿色，像在荒芜了整整一个冬天的土地上打开了希望的窗口，人们也开始忙着背粪、开地、播种。我们放学回到家，将书包从破窗户里扔到土炕上，挎上竹笼，扛着小锄头，向阳山坡上奔去。

那时候，生活困难，粮食不够吃，就靠野菜充饥。从春分开始，野菜便陪伴着我们走过每一个季节。

苋蔴是最常见的野菜，房前屋后，地埂路旁，随处可见。苋蔴是多年生草本植物，茎叶上毛茸茸的小刺有毒性，一旦接触，皮肤立即会瘙痒，疼痛，继而红肿。

有次，我们去喇嘛洞采苋蔴，我不小心摔倒，脸蹭到了苋蔴，顿时火辣辣地痛痒，伙伴们赶紧撇下竹笼，将各自的鼻涕一把一把地往我脸上抹，不知道抹了多少鼻涕，也不知道脸红肿成什么样子了，只听见伙伴们围着我拉长声嗓喊唱——

苋蔴苋蔴吃鼻来，
老哇老哇（乌鸦）喝血来。

一遍又一遍的喊唱声，在喇嘛洞回荡着，直到脸上的红肿渐渐散去。有时候被苋蔴"咬"了，没有鼻涕，就摘点野茼蒿叶子，揉出绿色的茼蒿汁，涂抹在红肿处，也能驱散苋蔴的毒性。

尽管在采苋蔴的时候，被"咬"是常事，疼痛也在所难免，但每发现一片苋蔴时，心激动得似乎要跳出来。一簇簇的苋蔴在风中摇头，像是恳求我放过她们，心一软，就放下竹笼，蹲在旁边静静地端详起苋蔴来。鸡爪样的叶子下面，爬着许多蚂蚁和叫不上名的小虫子，有的苋蔴秆甚至被密密麻麻的小虫子包得密不透风，看不到毛茸茸的刺。苋蔴摇头，不是怕被我采摘，而是怕被虫子咬。这样想的时候，我便捡起小木棍，抖掉苋蔴上的虫子，抖完一棵又一棵，生怕它们咬疼了苋蔴。直到将视野内所有苋蔴上的虫子抖完，才长出一口气，躺在旁边的空地上，望着湛蓝的天空，心像白云一样轻轻地飘荡。

苋蔴长出地面两三寸的时候最嫩，从根部一棵一棵剪下，夹到竹笼里。剪满一笼，就去泉水里洗。用木棍搅动一会儿，泉水一下子也绿了起来，泛着浪花。伙伴们故意将泉水溅到彼此身上，大家都变成了一滴滴绿色的浪花，互相追逐，嬉戏。累了，围坐在一起唱起来——

猫儿，猫儿，打浆子，
打不过了翻浆子，
翻几个？翻两个。

那边女生刚唱罢，这边男生就接上了——

得儿，得儿，弹棉花，
李子树上吊尔巴，
尔巴戴的尖尖帽，
你看热闹不热闹。

苋蔴迫不及待地钻出水面，调皮的泉水此刻也停下脚步，静静地听——

泉水泉水咚咚，

后头有个窟窿，

窟窿里面净蛤蟆，

卧着一帮尕娃娃。

　　回到家，母亲早已烧好了水，和好了面。将洗好的苋蔴倒进滚烫的开水里祛除毒性。水凉了，捞出苋蔴。母亲把苋蔴一根根捋整齐，切碎，放进瓷盆，撒上葱花、盐和花椒粉。切碎的苋蔴在盆里流出浓浓的绿汁儿，蘸一点儿放舌头上舔，有点苦涩和咸味。待我拌好馅儿，母亲已擀好了面饼，像一片片圆形的叶子，摆满面板。母亲拿起一片叶子放在左手心，手半弯着，像个鸟巢。我用木勺把苋蔴馅儿倒在巢里，母亲麻利地包好，似乎怕苋蔴像鸟儿一样飞走似的。

　　母亲见我舀得时多时少，用面手点一下我的额头说："馅儿不能多也不能少，就像饭里调盐，多了咸呢，少了没味道，刚好就行，做人也一样。"我似懂非懂地点点头。

　　母亲在每个包好的饼上抹上清油，面板上叶子全变成了金灿灿的果实，油亮饱满。火苗舔着锅底，像我的舌头舔着嘴唇，馋得直咽口水，忘记了添柴火。

　　母亲用铲子敲敲锅沿说："专心添火，火不能大，大了就烙灼了，也不能小，小了烙不熟，要看好火呢。"

　　母亲说这话的时候，有点严厉。但每次烙好第一个饼，她总是先给我吃："饿了吧？趁热吃，凉了就不好吃了。"

　　我抓着饼一边噗噗地吹着，一边心急火燎地吃。焦黄色的皮儿，脆脆的，冒着香气的苋蔴汁溢出来，顺着舌尖直往嘴里涌。

　　赶上农忙时节，母亲没有时间烙苋蔴饼，苋蔴菜汤就成为那个季节的家常饭了。做法比较简单，将烫好的苋蔴稍切一下，放进刚做熟的旗花面里，煮一两分钟就可以食用。苋蔴陪伴的日子，我时常梦见，一会儿变成了会走的苋蔴，背搭着手，在田间地头走来走去；一会儿变成淘气的小蚂蚁，爬上苋蔴叶子，懒洋洋地晒太阳。

　　进入夏天后，苋蔴毒性增强，就退出了"野菜舞台"。其他野菜开始"粉墨登场"：苦苦菜、黄花菜、灰灰菜、白茨杆、蕨菜、荠荠菜、萱草花、野韭菜、鹿角菜、柳花菜等等，每天换着吃不同的野菜。吃不完的煮一下，晾干后装麻袋存放在阴凉的地方，到冬天吃，一直吃到翌年春天来临。

村里人常说："春夏储菜冬当粮，娃娃饿了不慌张。"谁家储备的野菜多，说明谁家是个勤劳的家庭，老人常以此来教育孩子春夏多采野菜，冬天就不怕挨饿了。孩子们也很懂事，一有空就争先恐后地上山采野菜，漫山遍野都是孩子们的身影，生怕自己比别人采得少被笑话。采满一背篼就倒在草地上晒，接着又去采。回来才发现刚才晒的野菜早被牛羊吃光了。追着牛羊打，不小心又被树枝绊倒，一头栽倒在草丛里，索性不起来，闭上眼睛，任暖风裹着青草的气息漫过脸颊。那时候，经常在山里遇见挖草药的人。见着我们后，挥手喊道："过来，我闻闻你们今天吃的啥。"

我们凑过去，他们挨个闻一遍，慢条斯理地说道："嗯，你吃的是苦苦菜，这丫头吃的是蕨菜。"

我们惊奇地瞪大眼睛，他们看出了我们的疑虑，什么也不说，唱起了花儿——

> 折蕨菜么擀菜汤，
> 寻了三天两后晌，
> 没寻哈个好对方，
> 今儿才把你遇上。

像是唱给我们听，又不像。

后来我们才明白，山里人从小跟野菜打交道，采野菜、晒野菜、吃野菜，身上全是野菜味儿。我们见了面，也学着大人，先闻闻对方身上的味道，判断他吃的是什么野菜。当然，也有闻不着或闻错的时候，但这已经不重要了，野菜早已融在我们的血脉里和生活中了。

老人们常说："五谷杂粮养胃，野菜养人。"或许是因为常年吃野菜的原因，村里很少有人得病，尤其是像现在的各种怪病，在那时是从来没见过和听过的。村里的人们也都淳朴善良，像一棵棵野菜，在贫瘠的土地上坚韧地活着，热爱着属于自己的土地，不离不弃。现在，我们与野菜越来越生疏。很多时候，野菜就在身边，我们却视而不见，忽略了它的存在，甚至忘记了那些窘迫的年月。没有野菜相伴的日子，心像鸟雀飞走后留在树杈间的巢，空荡荡的，四处漏风。

只有野菜，依旧在原地生生不息，依旧在枯荣间默默守望。

2017 年 5 月

花椒红了

　　每到秋天，看着谁家院外或墙角的花椒树，耳边似乎有谁在说："花椒红了。"

　　小时候，村里有许多花椒树。听大人们说，那年月生活困难，夜里常常会发生盗窃粮食的事，所以人们就在房前屋后栽满花椒树，一是可以防盗；二是可以治病；三是秋后可以收获许多花椒。于是，我们一群小孩子也将信将疑地跟大人们一起栽花椒树，每天下来，手上和脸上总是被花椒树的刺留下不少的血痕，但并没有因为血痕而沮丧，反而觉得是一件荣耀的事。那时的我们看谁手上留下的血痕多而衡量谁栽的花椒树多，并因此而炫耀着，自豪着，快乐着。

　　一到夏天，远远望去，整个村子掩映在花椒树的绿荫里。一阵风吹过，花椒的香味弥漫着整个村庄，那淡淡的香是淳朴的，也是沁人心脾的。每到做饭时，人们摘些鲜嫩的花椒叶子，还有山野菜，用清澈的泉水冲洗。不一会儿，连那泉水也呈现出清澈的绿来，我们用刚洗过山野菜和花椒叶的淡绿的泉水洗手。

　　村里老人讲，洗过花椒叶的水是可以消毒的。于是，我们的手也在这样的泉水中洗了许多年。饭快做熟时，放些洗干净了的花椒叶，锅里一下子绿了起来，一直绿到每个人的五脏六腑，那种绿是一种生命的绿，渗透在每个人的灵魂深处。

　　收割后的麦香还在飘荡时，一片片叶子随风飘落。我们将飘落的叶子折叠成斑斓的蝴蝶抛向空中时，总听见谁家的母亲在唤自己的孩子——花椒红了，快来摘花椒。这时，贪玩的我们才发现整个村子变成了红色，红得耀眼，红得鲜亮。看着自己亲手栽植的花椒树上挂满了鲜红的花椒时，心情激动得像花椒一样，在枝头热烈着，灿烂着，跳动着。

我们不再贪玩，随大人们一起抬着梯子、支架，拿着簸箕、布袋等来到树下开始摘花椒。摘花椒是一件极为细致的活儿，一是花椒很小，抓不住掉到草丛里很难找得到；二是秋天的花椒树上有很多坚硬无比的刺，一不小心就会划破手；三是在摘的过程中不能碰坏枝头，一旦碰坏，来年这个枝头上便不结花椒。

我们小心翼翼地摘花椒，一天下来也只能摘上一簸箕或一小布袋，但一看树上，好像跟没有摘过似的，依然挂着那么多鲜红的花椒。母亲看出了我的疑惑，说，花椒本身就小，一棵花椒树你不停地摘也要摘上两三天，过后一看，还是有花椒藏在枝叶背后，这就像做农活儿，你每天起早贪黑，但总是有干不完的农活儿。人嘛，总是要有耐心的。

等到花椒全部摘完了时，手上脸上都留下了许多划痕，但大家不在乎这些，忙着晒花椒。院子里的空地上铺好帐子，帐子上倒满花椒。太阳一照，花椒发出啪啪的声音，一个个张开了嘴，似乎在用这种特有的方式告诉我们一个生命成长的过程，尽管这声音是细小的，但却是那么真切。

李时珍的《本草纲目》记载："花椒坚齿、乌发、明目，久服，好颜色，耐老、增年、健神。"每到寒风夹杂着雪花袭击这个小村庄时，我们隔三差五地吃一顿麻辣烫，驱赶冬天的寒冷，温暖这个小村庄，也温暖我们渴盼依旧的心。望着汤里花椒和辣椒的火红，吮吸着花椒扑鼻的香味，那一刻，是多么幸福和温暖啊！那种红是喜悦的红，也是生命的红，是每个人一生当中不可或缺的颜色；那种香是泥土的香，也是透骨的香，是我们成长的道路上伴随一生的味道。

多年过去了，做饭时我依然不忘放点花椒，依然不忘母亲那语重

心长的话："人嘛，总是要有耐心的。"每当看到落叶翻飞，耳畔似乎
萦绕着母亲的呼唤——

花椒红了。

2010 年 9 月

辑二

时光如歌

当我们以草叶的方式重新活过，
高原的风将是我们一同抵达远方最亲的人，
它替你我铺开了生活的路，
也替你我传唱着源自信念的力量。

水 磨

水磨，当我写下这个亲切而陌生的名字时，记忆的闸门被瞬间打开，思绪如潮水一般汹涌而出。

我长大的村庄叫党家磨，村里有许多水磨——上新磨、豆家磨、油坊磨、下磨、党家磨等，党家磨位于村中间，两盘水磨并肩在一起，是村里最大的水磨，每天磨面的人络绎不绝，加上水磨的周围都是姓党的人家，这个村便由此而得名党家磨村。

小时候，家庭贫寒，每天天刚亮就跑到水磨边看别人家磨面。磨面的人通常天还没大亮就来了，来迟了怕搭不上磨。男人们把粮食背到磨边，剩下的事儿就交给女人们了。她们也很自豪地承担起磨面的事儿，一边哼着洮州花儿，一边用笤帚扫着磨出的面粉。尽管她们的头发上、脸上、衣服上都落了一层厚厚的面粉，像雪人似的，但依稀能看清她们脸上洋溢着的喜悦神情。磨石发出吱悠吱悠的声音，和女人们一样周而复始地转动着，忙碌着，随着哗哗的水流声把人们丰收的快乐送向远方。

后来，我上学了，看磨面的次数少了，一放学便在水磨下方的水渠里和伙伴们捉鱼、打水仗、滑冰，嬉戏声和水磨的隆隆声谱写着我童年的歌谣。

水磨给生活在这条大山沟里的人们带来了许多方便，它与人们的生活越来越密切。父亲意识到了这一点，东借西凑买下了这两盘水磨，一方面可以供我们弟兄三人上学，另一方面可以解决全家人的温饱问题。父亲名副其实地成了水磨的主人，他每天除了细心地看磨，还热情地帮人们磨面，这使得水磨呈现出比往日更大的辉煌和荣耀。

一年四季，水磨总是繁忙而紧张。磨面的粮食有驴驮的、背的、骡车拉的。尤其到了秋后，磨前像热闹的集市，人来人往，排队等候搭磨。这时候，农活儿也不忙了，搭不上磨的人也不着急，他们有的烤火抽旱烟，谝一年的收成，有的说笑打闹，有的放开粗犷的嗓子唱几曲花儿，吼一段秦腔，还有的偷偷地跑到水磨旁边的树林里谈情说爱，海誓山盟。

在当时特殊的年代里，水磨以它特殊的价值为家乡的人们继续着它的使命。直到上世纪 80 年代中期，水磨的辉煌便在历史的一页画上了句号，成了党家磨村发展史上不可磨灭的一页。这一年，村里的上新磨换成了水打钢磨，邻村没有水的地方有了电带钢磨，随着这一现代化机器的产生，其他的水磨和我家的水磨都停了下来，变成了库房，用来装草、柴火和农具。从此，人们渐渐地疏远了水磨，水磨也失去了往日的辉煌和荣耀。

后来，我发现村里的大部分水磨在不知不觉间已被拆除，包括那盘水打钢磨，只剩下我家的两盘水磨。水磨已面目全非，周围和房顶上长满了荒草，屋檐坍塌了不少，墙壁在风霜雨雪的侵蚀下已是千疮百孔。我拨开草丛，推开尘封已久的磨门，一群鸟从里面"哗"的一声飞了出来，啊！生命！从水磨里飞出的生命！我进去一看，磨石上已长出了厚厚一层嫩绿嫩绿的苔藓，我又一次惊叹道，生命！绿色的生命，是那样欣欣向荣！

从水磨里出来，我不住地回头看，两盘水磨像两位互相搀扶着的老人，默默地辛劳一生，只为自己的后代像鸟一样自由飞翔，像苔藓一样蓬勃生长。

2008 年，由于引洮工程启动，老家要移民至瓜州，所有的房屋都拆除了，我家的两盘水磨也消失在故乡的版图上。迁移后，老家成为库区，山上和田地里都种上了树木。附近未迁移的村庄也都很少种庄稼了，大家都转变了传统的种植观念，开始发展起了中药材种植业：柴胡、当归、黄芪、党参等，农民专业合作社和扶贫车间的迅速发展替代了曾经的水磨，续写着家乡的辉煌和荣耀。

如今，每次回到家乡，虽然不见了水磨曾经的繁华，但却到处是芬芳的药香，像奔跑在小康路上的一个个幸福的微笑，弥漫在家乡，弥漫在大山深处。

2006 年 4 月初稿

2013 年 9 月改

庙山记忆

1

庙山，像一个被人遗忘的词语，却深深地存在于我的字典里。

看到"庙山"这个词，你或许会猜想一定有许多寺庙。庙山，其实没有庙。听外婆说原来有一座庙，在文化大革命时期就被拆除了，我也无从考证它的历史。

庙山是一座村庄的名字。在这里，我度过了贫苦而快乐的童年生活。

那时，家境贫寒，尽管父母勒紧裤带，辛勤劳动，仍是朝不保夕，他们决定将我送到外婆家抚养。我得知这个消息后，兴奋得一夜没有睡好觉。

庙山坐落于西山坡，坡度很大，以至于庙山像镶嵌于西山坡的一块镜子，映照着庙山人的纯净善良和勤劳质朴。让庙山人赖以生存的是一片白桦林，白桦林旁边，零星地点缀着十二户人家，这就是庙山。形状各异的田地犹如一块块补丁，缝补着庙山人饥饿而隐痛的伤口。

舅舅比我大十岁，我们像一对好朋友，经常去抓野兔。顺着雪地上的脚印，就能轻易地找到野兔窝。一发现有动静，野兔撒腿就跑，舅舅飞也似的追。野兔在雪地里跑不快，一个多小时，就能抓住一只野兔。我气喘吁吁地接过舅舅手中的野兔，从后腿上一提，胜利的喜悦充盈全身，奔跑的疲劳也荡然无存。当然，也有两手空空的时候，但并不在乎。到了晚上，舅舅给牛羊喂草，我趴在锅台边看。

外婆摸着我的头微笑着，等饿了吧？

我使劲地点点头，馋得直咽唾沫。

等做熟了，外婆总是夹得肉多的给我吃。外爷捋着胡子看着我狼吞虎咽，慢点吃，锅里多着呢，我们都吃过了。

后来我知道，他们并没有吃。他们善意的谎言让我泪流满面，深感愧疚。

庙山缺水，水是庙山人的命，他们经常要到五里外的山那边去背水。有次我和舅舅去背水，回来时下雨了，路上滑，舅舅累得气喘吁吁。

我想替他背一会儿，舅舅不肯。他说，你没有木桶大，怎么背得动。等你长大了再背！

我执意要背，舅舅拿我没有办法，帮我绑好木桶。我刚要起身，脚下一滑，水桶和人一起滚下了山坡，幸好一块大石头挡住了。我强忍着疼痛，望着被碰坏的木桶和白花花的水，吓呆了。不知道那天是怎么回到家的，只记得舅舅给了我一记响亮的耳光后，捡起破损的木桶径自走了。

那天夜里，我一夜没睡，旁边的舅舅在啜泣。

天快亮时，才听到舅舅打呼噜的声音，也清晰地听到外婆和外爷的对话。

娃娃还小，你怎么忍心打他。就一个木桶，你想打死我儿子啊。你连我一块打死算了。

不打不长记性。我明天把木桶修补一下，修不好的话就叫王木匠再做一个。

第二天，我没有叫醒舅舅，一个人早早去放羊。在那片熟悉的山坡上，终于忍不住放声大哭，悔恨自己的固执，摔坏了唯一的木桶，洒了那么多白花花的水，让舅舅挨了一顿冤枉的打骂。等我平静下来时，外婆早已站在身边，我一下子扑到外婆怀里，泪水在眼眶里打转。

男娃娃要勇敢，长大了才有出息呢！外婆摸着我的头说。我擦干眼泪，点了点头。

舅舅从外婆身后钻出来，拉住我的手，我们采蘑菇去。

庙山没有新鲜的蔬菜，但有许多丰富的山野菜。每逢雨后天晴，和我一般大的孩子都进山采野菜，他们也不把我当外村人。我们十几个孩子，一路嬉戏一路唱花儿，有的还吼几句听来的秦腔，学得有模有样。晌午时分，大家围坐在一起，分享各自带的干粮。

庙山人一年四季有吃不完的山野菜，蘑菇、狼肚菌、蕨菜、鹿角菜、柳花菜，不胜枚举。除了留些现吃的外，其他的晒干后存放在阴凉处，到了冬天拿出来泡着吃。这或许是庙山人能够长寿的秘诀之一。

庙山每家都有一个很大的筲，专门用来装水，能装四五担水。农闲时担来的水就积攒在筲里，以备急用。平时用的水大都装在缸里，缸不大，只能装一担左右的水。下雨时也用坛子接雨水，撒一把盐，澄几天，水就清了。坛子里的水，咸中略带泥土味儿，很冰凉，很解渴。庙山人家的灶房里，到处是坛坛罐罐，舅舅家也一样。那时候，我不懂水比油珍贵的道理，趁家里没人，老是舀水和泥巴玩。

1986年，我恋恋不舍地离开了庙山，离开了白桦林，离开了那个遥远的梦。岁月的河可以冲走一切，但冲不去心中那份刻骨铭心的记忆。

小学毕业后去外婆家，发现担水不用木桶了，而是铁桶，木勺也换成了铁勺。几年后，又换成了塑料桶和塑料勺子，用起来更轻便了。

前几年的一个春节，去外婆家，才发现庙山早已不是记忆中的庙山了。曾经泥泞陡峭的羊肠小道变成了四米宽的水泥路，驴驮马拉的架子车变成了农用三轮车和小汽车。原来的土坯房变成了砖木结构的房子，并安装了玻璃暖廊。

舅舅说，现在都不养牛羊马了，种地用旋耕机，秋收用脱谷机。

想起小时候帮舅舅担水的事，我试探着问，那现在吃水是？

舅舅笑着说，家家都拉了自来水，方便得很。

他一说，我这才注意到院子里的水窖。

我打开水龙头，清澈的水哗哗地流淌，像一支欢快的歌谣，歌谣里是几代人不懈的努力和渴望。晶莹的水花，在阳光下闪烁着梦幻般的色彩，色彩里描绘着庙山人幸福的未来和甜蜜的梦想。

2

　　山坳里的庙山，一年四季像在一个巨大的锅里，除了雨的光顾，几乎没有人来。然而，就在这个"锅"里，却煮着酸甜苦辣的人生，是温暖的，也是疼痛的。

　　外婆说，白矮是外村人，讨饭时来到庙山。村里人听了他对自己不幸身世的诉苦，觉得可怜，就把他介绍给村里不算漂亮却勤劳善良的菊香做了上门女婿。他虽长得矮小，但面庞白净，村里人就叫他白矮。白矮性格倔犟，用菊香的话说，就像一头倔驴，三个男人也拽不住。所以和菊香经常吵架，一直到有了女儿，村里才听不到他们的吵架声。

　　女儿叫小花，是我们十几个孩子中最小的，大家都叫她"小豆儿"。她并不介意大家怎么称呼她，倒乐得像一颗快乐豆在我们中间滚跳着。小花从小就帮着大人们做农活儿，上山砍柴，采山野菜，拾粪，打牛草，挖草药，这对于庙山的孩子们来说是习以为常的事。

　　舅舅依然是我们的"王"，闲暇时就带我们去拾粪和烧洋芋。庙山山势虽陡，大家走习惯了，像走在平地上一样，蹦蹦跳跳，一路欢呼。去的最多的地方是"前方嘴"，在村前山坡的背面。

　　秋天，漫山遍野的野菊花散发着浓郁的芳香，比野菊花更香的是热气腾腾的洋芋。到了"前方嘴"，舅舅像家长，有模有样地给大家分配任务，挖洋芋，捡柴火，抬土块。剩下我，给舅舅打下手。舅舅先找个平坦的地方，挖个小坑，在小坑周围垒起土块，土块最下边留个小洞，用来添柴火，最上边留个小洞当作烟囱。小土窑做好时，他们几个也捡来了柴火。舅舅将点着的柴火塞到土窑里，直到土块烧红了。舅舅将土窑下边的小洞塞严实，从烟囱里塞挖来的洋芋，塞满了，再用土块将烟囱盖严，然后就吩咐大家一起用土将土窑埋得严严实实。

　　接下来的时间，各自散开去拾粪。那时，粪在大家眼里是珍贵的，它可以带给你劳动的成果，也可以带给你大人们赞许的目光。谁家孩子拾的粪多，采的山野菜多是庙山人茶余饭后的谈资，听到自己的孩子被大家夸，做父母的脸上平静，内心却是甜滋滋的。背篼拾满了，大家又互相呼喊着，来到土窑前，迫不及待地等待舅舅的命令。舅舅先是将耳朵贴到土窑听一听，再闻一闻，突然大喊一声："熟了，开吃！"于是，大家心急火燎地刨开土窑，一股香气扑鼻而来。没人怕被洋芋烫着，抢着抓出洋芋，拍一拍土，狼吞虎咽地吃起来。舅舅手脚麻利，每次趁大家不注意，给我口袋里塞两个，我总是在回家的路上，将口袋里的洋芋悄悄地塞到小花的口袋里。有一次，恰好被舅舅看见，他吐了吐舌头，笑了笑，也没有说什么。我对舅舅始终心怀感激，这么多年了，他一直严守着这个小小的秘密。

几天后，烧洋芋的事不知被谁说了，村里人都知道了。外婆和外爷去地里干活儿时，有人在他们背后指指点点，说一些难听的话。在那个艰苦的年代，因为饥饿，邻里之间为鸡零狗碎的小事，说三道四，心生芥蒂。从那时起，舅舅像换了个人似的，在大人们面前总是沉默寡言，但庙山的孩子们依然喜欢和他在一起，只有和我们在一起时，我才看到舅舅脸上那久违的笑容。

二十多年过去了，我跟舅舅提起小花时，他笑了笑，忧虑地说，小花十六岁就嫁到了一个家境较好的人家，在婆婆家只待了两年，离婚后独自带着孩子去了新疆。有人说她跟邻村的黑嘎哒私奔了，也有人说她在大街上带着孩子乞讨。

舅舅说，小花命苦啊。说完沉默了，我也沉默了，心里酸酸的。

3

风中仍带着一丝寒意，阴山和白桦林里的积雪还没有消融，阳坡山上的小草已经探出脑袋，摇晃着小身子，给庙山带来了春的希望。

这个时节，是庙山人最忙碌的时候，也是充满希望的时节。男女老少开始卸掉笨重的棉衣，到麦场上打粪。麦场上堆满大大小小的粪堆，每家围着自己的粪堆开始挖，边挖边用榔头砸，砸细了铲到旁边，形成新的粪堆。谁家的粪堆一挖开就冒气，就说明谁家的粪肥沃，施到地里庄稼一定长得好。我们在大人们休息时，围着新粪堆一家一家地看，悄悄看谁家粪打得细。

"春分"一到，大人们又开始忙着到地里上粪。庙山山陡路险，上粪主要靠牛驮和人背。背粪对庙山人来说并不难，他们已经习惯了用体力来完成许多农活儿。大人们将粪背到地里，一小堆一小堆地分好，我们的任务则是用铁锨铲些土，将粪堆盖住，一直等到"芒种"到来时，才将粪抛撒到地里，开始播种。

庙山人做农活儿一丝不苟，井井有条。个个都是种庄稼的能手，到什么节气该干什么，皆了如指掌。大娃就是一个种庄稼的能手，每年收成下来，大娃总是笑得合不上嘴。

大娃弟兄三人，他排行老大，所以大伙叫他"大娃"，他真正的名字叫什么，我至今也不知道。外婆说，大娃十五岁那年，他爹去世了，家里没有钱做棺材，大家商议着从西山坡的白桦林里挑选了一棵树，给大娃爹做了棺材。出葬那天，大娃哭得死去活来，埋了大娃爹后，人们突然发现大娃不见了。大家怕大娃想不开寻短见，四处寻找，没有找到。

"他爹死了，娃娃心里难受，肯定藏到北山的窑洞里哭着呢！我命苦的娃娃啊……"大娃娘说着，便号啕大哭起来，撕心裂肺的声音，像一根根钢针刺得在场的每一个人揪心地痛。

两天后，大娃回来了。脸色苍白，神情恍惚，眼中布满血丝。娘病倒在土炕上，气息微弱，两个弟弟用困惑的眼神望着他，那一刻，他决定要做一个真正的男子汉，替爹扛起这个家的重担。庙山人说，大娃变了，变得懂事了，人人见了都夸他。

他三弟说，大哥经常半晚上哭，吵得他睡不着。乡亲们听后，便默默地为大娃祈福。自从爹死后，大娃知道乡亲们同情和关怀他，更知道爹的那副棺材来得多么不易，白桦林是庙山人的命根子，大家像爱自己的孩子一样保护着这片树林。大娃铭记住了乡亲们的恩情，谁家有事，他跑前跑后帮忙。

我第一次见到大娃时，他已经二十多岁了，还没有结婚，这在庙山来说是一件耻辱的事。外婆也自始至终没有谈起大娃为什么没有结婚，对此，我一直困惑着。

1997年寒假，在去庙山的路上，我碰见了大娃。他已经苍老了，破旧的衣服掩盖着佝偻的身躯，瘦削的脸上刻满岁月的沧桑，唯一没有变的是那双依然布满血丝的眼睛。

几年没见你了啊，怪想你的。你走后的几年，我经常梦见你，梦见你和小花偷着烧我家的洋芋吃。又说，念书好啊，长大就有出息了。

听到这里我低下头，心里潮潮的，酸酸的。

命是注定好的。我是没有娘的羊，命在刀刃上。他像是给自己说，又像是给我说。

寒风呼呼地刮着，像大娃的诉说。厚厚的积雪包裹着山川，包裹着庙山，包裹着大娃苍茫的心。

大娃的背影像一棵枯树，衬着灰蒙蒙的天穹晃动着，而我在这棵树下，看到他的命运像树上落下的一片叶子，在风中飘荡着，飘荡着，无家可归。

4

庙山最祥和热闹的时候要数过年了。

俗话说："冬至疙瘩（饺子）腊八饭，三十日晚上臊子面。"从冬至吃饺子开始，庙山便笼罩在浓浓的年味儿里。

庙山的习俗，冬至那天要在果树、粪堆上放冰块。果树上放上冰块，太阳一照，消融的水顺着树干流到树根里，来年会结很多果子。粪堆上消融的水渗到粪里，粪发酵得更加肥沃。庙山缺水，没有那么多冰块，我们就铲些积雪，一家一家挨着放。放完了，迫不及待地等着吃饺子。饺子要吃完，如果剩下了，地里就会有很多硬土疙瘩，影响庄稼成长。

外婆总说，多吃点啊，吃不完了地里的疙瘩你一个人去砸哦。

我将信将疑，吃得肚子鼓起来，外爷一手捋着胡子，一手摸着我的肚皮笑着说，来年庄稼一定长得旺啊。

我跟着傻乎乎地笑。

到了腊八，每家都要做粥。天没有大亮，女人们便早早地起来，将青稞淘洗干净，放在石磨上碾，不能太细，也不能太粗。外婆是碾腊八粥的能手，总能碾出均匀的青稞面粒，全都像油菜籽那么大。我和舅舅放完牛羊回来，家家户户的腊八粥已经做好了，一股黏糊糊的焦味穿过村巷，直往鼻孔里钻。和冬至的饺子不同的是，腊八粥却要专门剩下点，如果吃完了，来年会减产，粮食就不够了。所以从当天晚上开始，每顿饭熟了后都要到锅里加点腊八粥，一直要加到大年三十晚上。

转眼就是小年，要祭灶神了。吃过午饭，男人们去背土，和泥，修补房屋的墙缝和破损处，女人们把屋里打扫得干干净净。冬天的日子很短暂，忙完这些，夜幕就降临了。女人们开始烙祭灶神用的饼，切成扇形。锅台中间的墙上贴上灶神的画像，画像前点一盏清油灯，灯前是摆放整齐的烙饼。准备就绪后，开始放炮，烧黄表，送灶神。噼噼啪啪的鞭炮声，此起彼伏，响彻山谷。灶房里的女人们一边送灶神，一边念念有词，我清晰地记得这样几句："灶神娘娘，到了天上，多说的少说，少说的不说，大病小病，一马捎带，保佑一家大小，四季平安。"我们沉浸在鞭炮的脆响和跳跃的光亮之中，激动的心情久久不能平静。

到了大年三十，我们像白桦林里的麻雀，叽叽喳喳乐个不停，一会儿飞到东家，一会儿飞到西家，飞到夜幕渐渐落下来才各自回到巢里。要迎家神了，家家户户大门前摆上好吃的，点上清油灯，煨上柏香，边烧黄表边磕头，我们一边欢呼一边放鞭炮。

接下来就要送年饭了。我们打着火把，端着提前准备好的年饭，按辈分大小一家一户地送。每到一家，进门，磕三个头，问好，然后小吃一点；再到下一家，等年饭送完了，我们也吃饱了。锣鼓声早已开始响起，全村人聚集在麦场上，踩高跷，扭秧歌，舞狮子，耍火棍。男女老少，各显身手，一起欢呼着，尽情地跳跃着，喜庆的气氛笼罩着这个偏僻的小山村。那一刻，我看到了庙山女人们的另一面，平日里默默劳动的女人们，那么开心，那么快乐。老人们也不介意谁家的媳妇和谁家的男人手拉手，他们也享受着一年一度大年夜的热烈气氛。

到了五更，头领一声令下，男女老少离开麦场，各自回家，迎灶神。迎灶神的仪式和小年送灶神一样，烙饼、点清油灯、磕头、烧黄表、放炮，不同的是，仪式结束后要啃排骨。这是我们孩子们一年来梦寐已久的事，一家人坐在暖烘烘的炕上，然而，每年排骨端到炕桌上来时，我还没有闻一闻，就已经睡着了。

庙山人真正的年是从正月初一开始的。我们按辈分大小，一家一户地去拜年问好，每到一家，他们拿出最好吃的招待我们，说我们会给家里带来新一年的福气。

初二，青年男女穿上新衣服去拜丈人，花花绿绿的女人们像一朵朵迎春花，给庙山染上了多彩的颜色。老人在麦场上拉家常谝闲传，我们则你争我抢地荡秋千。

初三，全村人早早吃过饭，三五成群去上坟，烧纸钱、放炮。之后围坐在一起，拿出各自带来的土酒，几口下肚，便放开嗓子吼秦腔，粗犷中略带沙哑的声音传遍山川。和祭山神一样，初三这天女人们不参加。

初四，晚上。庙山的社火开始了，男人们演《八仙过海》，女人们唱《二姑娘担水》，庙山人用独特的民俗丰富着贫瘠的生活。

初五是忌日，全村人待在家里不出门。村里静悄悄的，只有我们在麦场上荡秋千的嬉戏声，偶尔有一两声鸡鸣狗叫的声音，之后又销声匿迹了。

初六、初七、初八，大家走亲访友去拜年。记忆中，这三天是庙山人与其他村交往最多的日子。

初九是祭玉皇的日子，不去拜年。从初十到十四，又是走亲访友，相互拜年。十四晚上，全村人又在麦场上耍社火，这次的节目更加丰富多彩，除了踩高跷、扭秧歌、舞狮子、耍火棍外，还要唱戏，"演员们"演得活灵活现，"观众们"看得如痴如醉。外爷是唱戏的好手，他经常跟我们说："你去演古人提醒今人，我来唱虚事指点实事。"

十五是元宵节篝火会，全村挂起大红灯笼，每家每户扛着柴火来到麦场上，一家一捆，多则不限。不一会儿麦场上便垒起高高的柴火，等头领念完祷词，大家点着柴火，高大的火焰直插云霄，照亮了整个庙山。庙山人说，火焰越高预示着新年将会五谷丰登、六畜兴旺。全村不分男女老少围着盛大的篝火，手拉着手尽情地唱着、跳着、欢呼着，直到天快亮时，青年男女们才依依不舍地离开麦场，而老人和孩子们早已沉浸在甜甜的梦乡中。

十六晚上唱完神戏后，开始谢降，欢送各路神仙。锣鼓声一响，全村人一起面朝西方作揖、磕头，祈祷一年风调雨顺，吉祥如意。之后又敲锣打鼓、放鞭炮，持续半个多小时后，头领一声吆喝，锣鼓声戛然而止。此后，村里再也没有锣鼓声，一旦听见锣鼓声，庄稼就会遭到暴雨的袭击。

我看到女人们离开麦场时的无奈和留恋，她们知道自己又要像牛一样默默地劳动，投入到艰辛的生活之中，再也没有如此的高兴和快乐。

庙山又恢复了往日的沉默，只有风肆无忌惮地穿梭在村巷，敲击着门窗，哗哗作响。

5

白矮和菊香有了第二个孩子福贵，算是给菊香家续了后。

菊香爹有三个女儿，老大是哑巴，去世得早。老二满月后就被他抱给了远方的亲戚。后来一直等生个儿子，天不遂人愿，偏偏又生了个女孩。

小女孩一落地，他媳妇就难产去世了。菊香爹悲痛欲绝，出葬那天，他没有去送葬，一个人坐在西山坡上。

秋风呼呼地刮着，满山金灿灿的野菊花在他眼前随风晃动，芬芳的香气抚拭着他脸上的泪痕。他决定要将这个孩子抚养成人，给她起名菊香。菊香爹一直盼望菊香生个儿子，这次他老人家终于实现了一辈子的愿望。

福贵出生的第三天，全村人去"打喜"，大家乐得合不拢嘴，菊香爹更是乐得直掉眼泪。庙山人"打喜"很有意思，年轻人先在菊香爹脸上抹上锅底的黑灰，再抬到石磨上转，一直转到他受不了了，再放下来。当晚，除了福贵的娘之外，所有新生孩子的长辈都要接受这种"打喜"的方式，他们也乐意接受。

福贵一天天长大。白矮像给菊香家立下了"汗马功劳"，走路目不斜视，用菊香的话说，高傲得像一只红眼公鸡。他的性格越来越倔犟，脾气也越来越暴躁，有时甚至当着菊香的面指着牛骂菊香爹，菊香一顶嘴，就遭到白矮的毒打。

后来，他又对菊香爹动起粗来。村里人说白矮是个忘恩负义的东西，当年要不是菊香家收留了他，他早被冻死饿死了。

在大家的劝说下，菊香爹决定去找头领。头领是庙山辈分最大的，也是年龄最大的。念过四书五经，是庙山最有学问的人。庙山人都敬畏头领，敬是因为他是长辈，有学问；畏是因为他脾气暴躁，要是谁说错了话就骂人，甚至打人。

头领带着大家去劝白矮。孩子啊，谁都有老的一天，你不该这么对你爹。

那个老东西是菊香的爹，又不是我的爹，我凭啥要养活他？

没等白矮说完，头领给了他一个响亮的耳光。大家吓坏了，庙山没有几个敢跟头领顶嘴的人，白矮算一个。

不知好歹的东西。头领使劲吸了一口旱烟，停了停，又语重心长地说，我经常跟你们说，龙生龙，凤生凤，老鼠的儿子会打洞。你现在这么对你爹，将来福贵长大了，也会这么对你的。做事太绝了，会遭报应的！

白矮甩上门走了。大家渐渐疏远了白矮，他仍然高傲得像一只红眼公鸡，独来独往。

一天，白矮在西山坡地里干活儿，突然电闪雷鸣，豆大的雨点瓢泼而下。白矮来不及赶回家，跑到靠近白桦林的一棵大树下避雨。"轰"的一声巨响，白矮什么也不知道了。不知道过了多久，当他醒过来时，看到自己躺在炕上，菊香在旁边不停地抽泣，地上站满了村里的人。他挣扎着要起来，才发现左胳膊没有力气，左腿也没有知觉，几次都没能起来，他只好沮丧地躺着。他望望这个，又望望那个，大家都沉默着，谁也没有说话。最后菊香用乞求的眼神看了一眼头领，才告诉了他被雷电击中的事。

那天，我从人缝里清晰地看到白矮像被烟熏黑似的脸、胳膊和脚，也清晰地看到了他眼角滑落的泪水。"巧合"往往造就一个人在村里的威信，也改变着庙山人做人的态度。

三个月过去了，当我们去小花家玩时，看到白矮臂弯里架着拐杖，正在半跪着用一只右手艰难地擀羊毛毡，黑黑的脸上布满汗珠。

小花告诉我们，说她爹要在春节前为爷爷擀出这条毡。

就在这年冬天，菊香爹死了。他没有等到春节，没有等到白矮擀出那条羊毛毡，也没有等到福贵长大成人。

冬天的庙山，白茫茫的一片，偶尔从白桦林里飞出一只山鸟，刹那又消失远方。唯有那树枝抖落下来的雪花，发出轻微而空灵的声音。

6

四月的庙山，已是一片绿色。从山顶望下去，唯有那十几户人家的土房突兀着，与这绿色是那么地不协调，像一块块洗得发黑的旧补丁，怎么也难以缝补庙山人内心的空虚和缺憾。

连续几天了，雨不紧不慢地下着。这正是采山野菜的好日子，大家三五成群地进山。山野菜像缺奶的婴儿，一见到雨就像见到了娘，迫不及待地钻出被窝，大口大口地吮吸着甘甜的乳汁。这时的山野菜不但鲜嫩，而且富有营养价值。大家不怕被雨淋着，也不怕草丛里的蛇。大姨说，蛇通人性，你不惹它，它也不会咬你。在记忆中从来没有见过和听过蛇伤人的事情，我始终对蛇怀有一种深深的敬意，因为它没有伤害过庙山的任何一个人。到了晌午，大家点一堆火，一边烤淋湿的衣服和鞋，一边啃干粮。远处，不时传来阵阵花儿。有一段花儿给我留下了深刻的印象，至今清晰地记得——

背着水的尕妹子，

阿哥天天想你呢；

阴山林里寻你呢，

　　你撇下我着阿去呢。

　　每当这忧伤的花儿传来，采山野菜的人都叹息道：王木匠又想刘家大姑娘了。

　　王木匠是庙山方圆二十里的好木匠，人长得笨头笨脑，手艺却不赖，人也热情大方，谁家要做个板凳桌子什么的，他从不推辞，要是谁家困难，他做完了也不收钱。

　　那年，王木匠被十里外的刘家湾人叫去做木活儿，一去就是一个多月，不是刘狗娃家做个炕桌，就是刘尕娃家做个柜子，整天忙得脱不开身。时间一长，他和村里人也熟了。

　　一天，刘水生家里人都去地里干活儿，只剩下王木匠在做柜子。突然有人敲门，他开门一看，是刘水生的大姑娘刘凤背着水回来了。王木匠刚拿起锯子就听见刘凤在灶房里叫了一声，跑进去，发现刘凤半跪着，木桶压在身上，水洒出来了，衣服也湿了。

　　王木匠赶紧放下锯子，帮刘凤解木桶上的绳子，慌忙中手碰到了刘凤的身子，他一下子僵住了，脸红到了脖子里，心怦怦怦直跳。他慌慌张张地抱下水桶，刚要转身，被刘凤一把拉住在脸上"啪"地亲了一口。王木匠像被贼追似的冲出了灶房门，心跳得更快了。锯子还在灶房里，他正犯愁时，刘凤已把锯子递了过来，他没敢抬头。平时在他手中运行自如的锯子，怎么也不听他的使唤，他感到很沮丧。

　　刘凤在院里一边哼着花儿一边脱下湿衣服，往铁丝上搭。王木匠还是控制不住自己的眼睛，瞄了一眼刘凤，粉红的衬衫下露出腰部白皙而透明的肉，在阳光下一颤一颤的。这个上午，王木匠几乎什么也没有做成，脑子里乱糟糟的。要吃晌午饭了，刘凤早已做好了饭在屋里叫王木匠。

　　再等等吧，你爹和你娘还没有来呢。

　　他们去的时候带了干粮。你赶紧吃来，不然凉了。

　　王木匠只好硬着头皮进屋去。

　　柜子做出了，刘凤爹要给王木匠算工钱，他死活不要，说这些日子挣了不少，刘凤爹只好作罢，一家人感激得直掉眼泪。

临走时，刘凤爹硬要让刘凤背着工具箱，送送王木匠。

七月的天气，热得汗水直往外渗，两个人一口气爬到山顶，一片苍翠欲滴的小树林呈现在眼前。

歇一会儿吧。王木匠看着刘凤累得气喘吁吁，关切地说。

你傻啊，阳婆（太阳）这么热的，晒得人受不了。刘凤说，到了林子里了再歇吧。你去庙山，我就回家。

他觉得刘凤说得有道理。两个人又说说笑笑地向林子里走去。

被惊飞的山鸟，扑打着翅膀绕着林子飞了一圈又一圈，最后又钻进林子，一会儿歌唱，一会儿嬉戏，一会儿又在窃窃私语。

后来，刘凤来庙山看过王木匠几次，大家说王木匠有福气，他只是笑笑。第二年六月，刘家湾发暴雨，山洪有两丈多高，冲走了许多牛羊，还冲走了两个人，其中一个就是刘凤，至今都没有找到尸体。从那以后，王木匠变得郁郁寡欢，每到七月，他都要去刘家湾山背后的那片树林，而且一去就是几天，不吃也不喝。

> 手扶墙儿站着呢，
> 我天天把你盼着呢；
> 想你着我心疼着呢，
> 我为你丢下魂着呢。

那略带沙哑的嗓音从远处传来，诉说着无尽的哀愁，也诉说着一段忧伤的儿女情长，和着蒙蒙的细雨，在山中回荡着，那么悲伤，那么苍茫。

7

阳光懒洋洋地照着庙山，田间地头毛茸茸的狗尾草，随着微风，扭动着身躯，一波又一波地舞蹈。

大人们在田地里除草，我们一块地挨一块地的收草，收满一背篓，背到自家院子里晒好，又回去收。每天下来要收一大堆草，晒干后一些用来烧炕，一些留作牛羊过冬的草料。

庙山人牛羊多，许多日子里，牛羊是我们的伴儿。我们对牛羊的脾气了如指掌，只要驯服领头的牛羊，其他的就好管理了。牧场在北山，翻过北山梁就到了。牧场上有无数个窑洞，是放牧的人用来避暑躲雨的。远远望去，像山坡上觅食的乌鸦。就在这窑洞里，我们度过了一个又一个放牧的日子。

一天，大娃来到牧场的窑洞里歇息，说他家的木桶坏了，要去阴山林找一块好木料，让王木匠给他重新做个。我也跟着去了。

快到阴山林时，隐隐约约听见女人的尖叫声。我们闻声跑过去，声音越来越近，是从一个小窑洞里发出的。快到洞口时，大娃示意我放轻脚步。女人撕心裂肺地尖叫着，大娃猛地冲进洞口，惊呆了。一个男人正压在一个女人的身上，那个女人在痛苦地挣扎，尖叫。

大娃黑着脸，怒目圆睁，一把抓起那个男人，给了他几个耳光，那男人挣脱后仓皇而逃，大娃一边追着，一边捡起地上的石头打。

我从来没有见过大娃发这么大的火，吓得我大气也不敢出。那个女人还在哭，头发乱得像一堆枯草，脸上满是泪水，撕破的衣服勉强能遮掩住身子。

那个男人叫黑嘎哒，是邻村的，整天游手好闲。用大娃的话说，黑嘎哒是个十足的畜生。那年冬天的一个深夜，他在牛棚里强奸了给牛去添草的嫂子。还有一年，他把自家的一只老母鸡打死后，悄悄地扔到了张寡妇家的猪圈里，硬说是张寡妇家的猪咬死了他家的鸡，逼得张寡妇没办法，只好让黑嘎哒上了她的炕。

后来，窑洞里被压了的女人做了黑嘎哒的老婆。这个女人叫路生女，听说是她娘在采山野菜回来的路上生的，所以给她起名叫路生女。路生女是王木匠他三叔的女儿，自小长得乖巧，红扑扑的脸蛋上镶嵌着一双水灵灵的大眼睛，惹人喜爱。路生女嫁给黑嘎哒后，生了个女儿，经常遭到黑嘎哒的毒打。第二年又生了个女的，黑嘎哒气坏了，生下孩子的那天晚上不但打了路生女，还把路生女赶出了门。路生女病了，在娘家三个多月没有出门。

我跟着外婆去看望过路生女，她斜躺在土炕上，头发乱蓬蓬的，脸蛋也失去了往日的光泽，眼睛像一潭死水。

这期间，听说黑嘎哒又找了个女人，路生女的病也渐渐有了好转。在头领和大家的撮合下，路生女和大娃住在了一起。

大娃整天乐得合不拢嘴，一见我就摸着我的头傻笑。路生女脸上渐渐地有了光泽，日子过得平淡而幸福。

一年过去了，路生女的肚子没有什么变化，大娃在村里感到很尴尬。

村里人悄悄地议论着，说路生女肯定是在月子里被黑嘎哒打得不能再生了，也有的说路生女能给黑嘎哒生娃娃，咋就不能给大娃生个娃娃呢，肯定是大娃不行。

这样又过了一年，路生女还是没能给大娃生个一男半女的，日子渐渐像一潭将要干涸的水，激不起一丝涟漪。

大娃娘逢人就哭诉，老天爷是要我家绝后啊。我娃的命苦，他爹那个刀杀的，撇下我们不管。

她的话传到了路生女的耳朵里，她觉得婆婆和自己一样，命比黄连还苦，决定要抱养个娃娃，一辈子伺候婆婆。大娃不同意她的想法，还恳求她改嫁，说跟着自己会一辈子受罪的。

在大娃的劝说下，路生女真的改嫁到离庙山五十里外的黄土坡村。

她离开的那天，和黄土坡村的那个男人一起来看过大娃，给了大娃一些衣服和鞋，那个男人还说他们会经常来看他，要是有什么困难就去找他。

庙山人对大娃的做法很是不解，想问个究竟，大娃只是勉强地笑笑，什么也不说。

舅舅告诉我，路生女给那个男人生了个儿子，他们每年过春节都带着孩子来看望大娃，还让孩子管大娃叫舅舅。

我问舅舅，大娃还去牧场吗？舅舅说，自从路生女走后，大娃再也没有去过牧场，每次到阴山林里去采山野菜，也要绕着走。

庙山人谁也不知道大娃为什么不去牧场，也不知道在牧场发生过什么事，更不知道那个乌鸦一样黑的窑洞给大娃带来多少愤怒和疼痛。

8

到了秋天，万木萧条，大地荒芜。秋风飕飕地刮着，白桦林的黄叶漫天飘荡着，回旋着，缓慢落下。

庙山人一边处在收获的喜悦中，一边为爬上额头的皱纹暗自惆怅。

这一年，头领去世了。

全村人放下手中的活儿，来到头领家里。头领是自然死亡的，按庙山人的说法是喜丧，但人们还是默默地流下了眼泪。

头领的棺材在堂屋里放了三天，到第三天举行葬礼，庙山人请来了高僧、乐师和阴阳，有许多外村人带着半背篓纸钱来吃斋。每来人了，乐师吹起哀乐，棺材两边守孝的人们便哭唱一次。一直持续到晌午时分，点油锅。

院子中间三根木头高高支起的三脚架下，用铁丝吊着一顶大锅，下面烧着火。等锅烧红了，阴阳穿上八卦服，手持铜铃，嘴里念念有词。头领的三个儿子每人端着一碗清油，在阴阳的指挥下，从大儿子开始向锅里泼油，油在烧红的锅里"嘭"的一声燃起大火，火光冲天。直到三个儿子泼完了油，点油锅的仪式就结束了。接下来高僧和阴阳依次念经，堂屋前摆一张方桌，上面摆着各种供品。阴阳面朝堂屋坐着，嘴里不停地发出怪怪的声音，两个徒弟站在两边跟着和。

要"发灵"了，头领的孝子们随着哀乐哭唱着向墓地走去，村里人抬着棺材一边吆喝一边慢跑。村子被笼罩在每家门口煨起的蒙蒙桑烟中，大人们说，煨桑是为了驱鬼。

我们一群孩子早已经跑到长长的送葬队伍前面。墓地在西山坡的一处平凹地，墓里面放着几本发黄的书，还点着一盏酥油灯。

不一会儿，一座新坟出现在西山坡上，送葬的人都跪着，头领的大儿子将所有的纸钱倒在坟前点着。大家一起磕头，头领的孝子们又一次发出了撕心裂肺的哭唱，那是永远离别的悲痛。

庙山人说，头领这一辈子没有白活，死了还有那么多人为他送葬。头领一辈子娶过三个女人，第一个女人是他姑姑的女儿，坐月子的时候死了。第二个女人是讨饭到庙山的，是个瞎子，头领觉得可怜，便领到家做了自己的老婆，后来不慎摔死了。第三个女人是头领从外乡找到的一个寡妇，年龄比他大十几岁，在头领六十岁那年去世了。就在那年，他做了庙山人的头领，后来再也没有找过女人。在庙山人的记忆中，从来没有一个人死后有这么多人为他送葬，包括他死去的三个女人。

头领的去世，使庙山人好长一段时间都深感不安，村子里的气氛似乎沉闷了许多，大家沮丧着脸。偶尔传来一声狗叫声，瞬间又销声匿迹了。半个月过去了，才听见大家在村头巷尾拉家常的声音。

头领是好人啊！白矮拄着拐杖逢人便说。

大家这才想起，头领去世那天白矮哭得死去活来的，还把给菊香爹擀的那条羊毛毡拿出来，铺到了头领的棺材里。

后来，舅舅告诉我，白矮做了庙山人的头领。这令我很意外，白矮既不是年龄最大的，也不是辈分最大的，而且是外村人，他怎么就做了头领呢？

舅舅还说，白矮经常对小花和福贵，还有其他孩子说，为人莫作千年计，三十河东四十西。劳动做人要仔细，定为庙山多争气。我想，白矮一定比以前更爱菊香了，更爱庙山的孩子和庙山的一草一木了。

我的眼前浮现出白矮那矮矮的身躯，他正拄着拐杖站在村口，微风拂着他的面颊，那半边白半边黑的脸上，露出慈祥而欣慰的笑容。

9

冬天的庙山笼罩在皑皑白雪中，尽管寒风凌厉，大家心里都暖暖的。雪给了庙山人来年的希望，庙山人也习惯在这样飘雪的季节里选择婚嫁。

舅舅要结婚了，大家都帮着张罗婚事。庙山人娶亲需要两天时间，第一天来贺喜的主要是亲戚好友，那天，父亲和母亲也来了。第二天来的主要是送亲的娘家人。庙山人都为舅舅高兴，我却感到一丝丝担忧，不知道舅舅有了妗子还会不会要我，我在妈妈的怀里哭了好一阵子。

最热闹的是第二天。天没有大亮，接新娘的人早已经走了，大家早早起来，在院子和村头张望着新娘的到来。接新娘的人有新郎、媒人、东家、梳头婆婆和拉马娃五人。东家必须是新郎的叔叔，梳头婆婆必须是有子女且属相与新郎或新娘相合的女人。那时条件艰苦，结婚用的主要交通工具就是马，所以把专门拉马的人叫拉马娃，拉马娃的任务一般由新郎的弟弟或表弟担任。

舅舅娶亲那天，空中飘着碎碎的雪花。庙山人说，小时候不能骑狗，要是骑了狗娶亲那天就会下雪，我们一群经常拿狗当马骑的小孩子，一听都呆呆的，瞬间又大笑着跑开了。

娶亲的队伍回来了，大家争先恐后地跑到大门口去迎接，还有一小部分人躲到了灶房里。舅舅走在最前边，身后是拉马娃拉着一匹枣红马，马头上系着许多红布条。新娘在马上，头上盖着一块红围巾，看不清面容。走在最后的是娘家人，有的背着箱子，有的扛着被子，有的抱着枕头。

鞭炮声一响，舅舅向水桶里放了红包便进门了。新娘下马是要换新鞋的，表示进了婆婆家的门就要重新做人。新娘也不能走着进门，必须要她的亲哥哥或表兄弟抱着进，此时，东家赶紧跑过来给新娘的哥哥塞红包，之后新娘便被抱进了门。其他背箱子的、扛被子的、抱枕头的、拉马的等一一拿了红包，这才在大家的簇拥下进了门。

娘家人安排在堂屋里，表示对娘家人的尊敬。新娘、梳头婆婆、送女客和拉马娃安排在新房。新房紧挨着灶房，按庙山人的说法，既是为了让新娘记住灶房里的油盐酱醋等用品，也便于今后做饭。

娘家人刚坐下，开始上茶，摆上形状各异的馒头。每人吃一碗烩菜，之后便开始摆上各种凉拌的、爆炒的山野菜和手抓羊肉。东家拿来上好的土酒，和舅舅一起给娘家人敬酒，村里年轻人也跟着敬酒。

大家边吃边猜拳，说说笑笑，气氛热烈而喜庆。

这时，送女客给外爷和外婆端来两碗满满的烩菜和两个馒头，这是庙山人结婚的习俗，表示今后新郎的爹娘度量大，不难为新媳妇。要是吃不完，会被大家瞧不起，说你心胸狭小，新媳妇会受苦的。外婆和外爷吃得开心，一点也没有剩下。

娘家人快要喝醉的时候，其中年龄最大的人便跟东家说开始吃"起脚面"吧，东家一边点着头一边向灶房里大喊一声："上起脚面了！"大家便应声端来热气腾腾的面。"起脚面"是长面，意思是吃了这碗面，娘家人就要走了。

突然，我听见新房里有人在小声哭泣，心中感到困惑，大喜的日子怎么会有人哭呢？王木匠说，娘家人走的时候，新娘是要哭的，表示舍不得娘家人，娘家人听到哭声，心里也就安慰了。要是不哭，娘家人会骂新娘是个没良心的，刚过了门就忘了爹娘。

送走娘家人，前来贺喜的亲戚们陆陆续续也走了一部分，剩下的人便继续猜拳喝酒。村里年轻人则悄悄商量着闹洞房，你一句他一言的，听得我丈二和尚——摸不着头脑。洞房里不断传来嬉戏声和喝彩声，直到夜深人静，家里才渐渐地恢复了平静。

第二天，天还没亮，就听见灶房里做饭的声音。我蹑手蹑脚地来到门口，看见橘黄的灯光下，一张红扑扑的脸蛋上镶嵌着一双大大的眼睛，两条长长的羊角辫子随着和面的动作在身后悠悠地扭动着。偶尔，抬头望望门口，我吓得赶紧跑回去，钻进了外爷温暖的被窝。

是你妗子在做饭吧？今儿早上村里人都要尝你妗子做的饭呢。外爷悄悄地说。

为啥要尝妗子做的饭？我不解地问。

新媳妇过门，都要做第一顿饭，既是让大家见见新媳妇，互相认识，也是让大家看看她做饭的手艺好不好。

快吃饭时，我和舅舅一家一户地去请。妗子在舅舅的介绍下一一问好，上茶，之后端来一碗碗香喷喷的面。大家边吃边夸，说妗子做的饭好吃，将来一定是个勤俭持家的好媳妇。

过了年，父亲来了，说带我回去上学。

离开庙山的那天，天空飘着雪花，风刺骨的冷，村里人都来送我，外婆躲在一边不住地流泪。

回去了好好念书，长大了就有出息了。外爷摸着我的头语重心长地说。

我使劲地点头，泪水在眼眶里打转。

一路上我不断回头，外婆佝偻的身躯在风雪中显得更加苍老，泪水模糊了视线。外婆越来越远，庙山越来越远，白桦林越来越远，最后都消失在苍茫的风雪之中。

2008 年 6 月

钟　声

　　苍凉、雄浑的钟声在故乡的上空萦绕、飘荡，启发着故乡的人们辛勤耕耘的同时，也演绎着人生的悲哀和愚昧。

　　故乡在洮州东部的一条大山沟里，山脚下和山坡上住着淳朴善良的农民。一场细雨的到来，会使他们憨厚的脸上挂满丰收的喜悦；而一场暴雨的来临，会使他们寝食难安，像太阳炙烤下的铁板上逃生的蚁群。我也是这蚁群中的一只，在逃生中目睹一场暴雨所带来的扼杀、伤痕和无奈。

　　我所任教的村校叫梁家坡小学，倚山而建。半山上有一座庙，庙里的钟声绵延不绝。放学后，我时常一个人站在寂静而空旷的校园里遥望远处的山和更远处的天空。偶尔一回头，望见半坡上庙的一角高高地伸向天穹。寂静的日子被钟声所击破，更多的是钟声里渗透出的让人窒息的沉闷和酸涩。

　　连续数月，炽热的太阳炙烤着这片贫瘠的土地，返青的庄稼艰难地存活着。这使得在这片土地上生活的人们对现实产生无尽的怀疑和失望，而对庙里的佛像及那顶钟充满了无限的信任和憧憬。我很少去庙里，却清晰地看见他们经过校门时沉重的步伐，每迈出一步仿佛在虔诚地祈祷一场雨的诞生和一年的丰收。我也很少去敲钟，却清晰地看见他们在钟声的萦绕中返回家园时茫然的眼神，每一个眼神里都似乎存在着一种对生命走向的改变。

　　如果一个人的祈祷能使他们找到一种宿命——但愿他们能够找到，

但事实上，宿命是一种善意的假设，更是一个愚昧的玩笑。但他们相信"神"的存在及钟声，记忆中，庙里始终灯火辉煌，钟声始终回旋在故乡的上空。他们长跪不起的虔诚使清油灯颤动的火苗生生不息，谁又使他们的生命成为永恒呢？是钟声吗？他们虔诚的灵魂能否得到上帝的怜悯和恩赐？

在钟声萦绕下的村校里，我时常为此感动，更多的是无奈和难过。吝啬的"神"们并没有给故乡的人们带来一场梦寐以求的甘雨，人们却依然在重复着同样的行为——磕头、点灯、许愿、敲钟。之后，是像钟声一样不断出现的失望，太多的失望使他们忘记自己正在走向愚昧和麻木。

一日深夜，我被刺耳的嘈杂声惊醒——雷声、雨声、呐喊声、哭泣声，震耳欲聋。一场洪水淹没了许多田地，并无情地夺去了一个小女孩的生命——她是我任教的六年级班上的一名学生，聪明可爱，扎着两条羊角小辫。这就是庙里高高在上的"神"的恩赐吗？突然降临的灾难，让我很长时间沉浸在一种恐惧和不安之中。就在发暴雨的那天晚上，我分明听见人们在使劲地敲那顶钟，但钟声显得极其微弱，它并不能战胜震耳欲聋的雷声，也不能阻挡洪水的恣意掠夺，更不能抚慰一个母亲失去女儿的悲痛。当灾难无法阻挡地发生在身边时，钟声是否能够唤醒人们持久不变的"梦"？

一场突如其来的暴雨，一个生命的瞬间消亡，在我的心中投下巨大的阴影。直至几年后的今天，我路过村校时，依然能够清晰地听见半坡上苍凉、雄浑的钟声，像一群马驰过无际的沙海，之后是漫天的沙尘，消失在苍茫的远方。

2004 年 8 月

秋天的怀念

秋天又来了。

尽管阳光灿烂，但秋风却有着透骨的凉。一片片叶子在经历了一年的风雨后，像完成了某种使命，随着秋风在空中盘旋着，似乎在留恋那陪伴她一路走过的树枝，之后，缓缓地滑落。

每当五彩缤纷的叶子从树上像一场大雪飘落下来时，我都有一种莫名的伤感涌上心头，心中总会多一份温暖，多一份酸涩和怀念。

村学离家有好几里，每天上学要经过一段叫"胡子道"的路。路的周围没有村庄，两边有许多坟地和长长的荒草。80年代初期重建这条路时，我亲眼看到修路工人挖出过许多棺木和白骨，阴森而恐怖。

当时修路的工人比较多，经过这段路时心里也不怎么害怕。路修好后，工人们又到邻村去修路了，这段路上便很少有人走动，尤其是天刚蒙蒙亮时。我心中始终笼罩着一种恐惧感，却又不愿让父母亲为我担心，只好鼓起勇气去上学。每到快接近这段路时，我总迈不开脚步，一直等到太阳跳出山头，才飞似的向学校奔去。

当时的班主任张老师起初并不在意，我第二天又迟到后，张老师在上课的时候问为什么总是迟到，我不敢说，怕老师瞧不起自己，更怕说出来被同学们耻笑。张老师似乎看出了我的顾虑，没有说什么，继续上课。我那节课什么也没有听进去，直到下课铃响起，才逃出教室，却被张老师叫住。

张老师的房间极其简陋，窗子是用纸糊的，房间里光线很暗。靠窗的一张破旧的课桌上，铺着塑料布，上面整齐地摆放着煤油灯、墨水、粉笔、作业本和教科书，还有几本发黄的旧书和一沓厚厚的纸。一张破旧的凳子放在火炉旁边，火炉上的茶壶里冒着热气。再向里一点是一张单人床，两边用土块撑着。

张老师让我坐在凳子上先烤烤手，他蹲在旁边，一边烤火一边看着我默默地微笑。我低着头，不敢说话。他抚摸着我的头问最近家里是不是很忙，我赶紧摇摇头；他又问我是不是病了，我没有说话，表示默认，却不再像刚进门时那样紧张。

接着，张老师给我讲了这样一个故事——

一个水手选了一只猴子做他的航海伴侣去雅典，遇到了大风浪，翻了船，船上的人全部落在了海里。一只海豚过来了，它以为猴子是人，驮着猴子向海岸游。快到雅典的时候，海豚问猴子是不是雅典人，猴子说它在雅典很有名。海豚又问猴子，你是雅典人，一定知道皮瑞亚斯吧？对面岸上正是皮瑞亚斯村。猴子说当然知道，皮瑞亚斯是它的好朋友，它们小时候是同学。海豚知道猴子在说谎，生气地钻入水底，猴子也随着沉了下去。

张老师讲完故事说，做人千万不能说谎，说谎的人得不到大家的喜欢。我们要做一个诚实的人，这样，才能和大家生活在一起，才不会被别人瞧不起。

我羞愧地低下了头，告诉了张老师迟到的原因。张老师再次抚摸着我的头笑着说："你是一个诚实的孩子。"

那天夜里，我怀着甜甜的梦早早入睡了。第二天天还未亮，便一骨碌爬起来去上学。快到"胡子道"路口时，又害怕起来，正在我不知道怎么办时，远处出现了一个身影向这边走来。我几乎吓呆了，心想一定是遇见鬼了，转身往回跑。

"站住！跑啥啊？是我啊。"从后边传来熟悉的声音，是张老师，一定是张老师！还未转过身，张老师已经气喘吁吁地站在我身边了，我一下子扑到张老师怀里，泪水在眼眶里打转。他的怀抱多么温暖，多么安全啊！

一路上，张老师给我讲了鲁迅踢鬼的故事。接下来的每个早晨，张老师早早地等在"胡子道"路口，给我讲了许多至今难忘的故事：坚持不懈的纪昌、铁杵磨针的少年李白、发奋苦读的范仲淹、凿壁偷光的匡衡。就这样，张老师陪我在"胡子道"路上走了三年，我也听了三年的故事，在这一千多个故事的激励下，我以双课满分的成绩考入了初中。

中学开课那天，班主任将我带到他的办公室，递给我两本书:《我的童年》和《钢铁是怎样炼成的》，并告诉我要认真读，读完了再来借。因为经常借书的原因，我从班主任那儿知道，张老师是民办教师，当时每月才领七元八角钱的工资，根本就没有钱买书。然而，他为了给我们讲故事，经常放学后跑到三十几里外的中学老师那儿借各种故事书，回来后又彻夜彻夜地抄，并背得滚瓜烂熟。有时，借不到书，便彻夜绞尽脑汁地编一些故事。班主任经常借给我书也是张老师特意嘱咐的。当我得知这一切，眼睛不禁湿润了。

每到假期，我便去看张老师，然而，每次都扑空。只有那"百年大计，教育为本"八个字站在校门口，守护着空寂的村校。听村里人说，张老师一放假就回老家去了，说母亲病重，一家人都指望他呢。我上初三的那个秋天，张老师没有来村校，也没有了他的消息。我去问班主任，他告诉我说张老师回陕西老家了，不能回来了，再没有说关于张老师的任何情况。我从班主任逃避的眼神和哀伤的表情中似乎预感到了什么，在我的苦苦哀求下，班主任终于忍不住告诉了我张老师病逝的噩耗。

我不知道是怎么走出班主任房间的，只记得秋风透骨的冰凉，一片片叶子在天空中划出生命的弧线后回归大地。就在那天，我决定要去完成张老师没有完成的愿望。

多年后，分配工作时我选择了曾经熟悉的村校，而此刻的我正在走着张老师没有走完的路，我相信我将继续走下去，义无反顾。

三十年了，每当秋天来临，我便感到无尽的哀伤和怀念。叶子翻飞的时候，我耳边似乎又听到张老师熟悉的声音："瞧，做一片叶子多勇敢，多美丽啊！"

2009 年 9 月

麻　雀

　　一日，有学生问我"雀"字怎么组词时，我心中顿时掠过一丝忧虑。当我脱口说出"麻雀""欢呼雀跃"等词语时，不禁怀念起童年时麻雀的歌声。

　　童年我所听到的声音中，最魂牵梦绕的是鸟鸣了。春暖花开时节，天空刚泛出鱼肚白时，麻雀们便在房前屋后的树上欢快地歌唱起来，我也总是在它们的歌声中睁开惺忪的眼睛，侧耳倾听那清脆圆润、欢快和谐的歌声，时而单纯轻柔，时而婉转悠扬，时而急促嘹亮。每当此时，我便一骨碌爬起来，蹑手蹑脚地来到树底下看鸟。刚开始时，它们像发现了居心叵测的"敌人"一样，"扑腾"一声全都飞了，那斑斓的羽翼和灵巧的身姿，令人神往至极。时间长了，它们见我并无恶意，又陆续飞回来，有的你追我赶地玩起了捉迷藏，有的七嘴八舌地像在议论着什么新鲜事，有的则向我投来探询的目光。直到母亲唤我吃饭时，才悻悻地离开。

　　到了冬天，年少的我和伙伴们开始在雪地里捕鸟。在树下扫出一块空地，用一根短木棍支起筛子的一边，并找来一根长绳拴在木棍上，另一头拉到约莫一丈远的地方，在筛子下面撒上一些秕麦粒或胡麻。一些贪嘴的麻雀略略迟疑后便进入我们设好的圈套，一拉绳子，麻雀便被扣在筛子下了。少时捕两三只，多时则捕十几只，然后将它们一一关在笼子里。但令我惊奇的是，它们并不随遇而安，享受"饭来张口"的生活，而是奋力扑腾，甚至头破血流，直至死在笼子里。

长大后，我才意识到自己犯下了一个不可饶恕的错误：对生命的摧残和扼杀。麻雀那宁死不屈的精神仿佛一把锋利的刃刺在我心中，揪心的疼。这平凡而渺小的生命，随着肆意捕杀、工业污染、农药化肥和乱砍滥伐而渐渐消逝，卑微的生命在现代文明中恐怕将要灭绝了，"欢呼雀跃"一词将要从《现代汉语词典》中失踪了，我不知道这是人类的粗疏，还是自私？但愿我的担心是多余的。

　　我蜗居在小城一隅，周边都是水泥钢筋，几乎看不到鸟雀的身影，更别说倾听它们的声音。或许是我自己逐渐变得麻木了，对很多曾经喜欢的事物视而不见。只是在夜深人静想起老家时，耳畔回荡着鸟雀动听的声音，更增强了我对故乡的怀恋和对乡村生活的憧憬。

　　如今，只要有空，我就回老家。唯有回到故乡，回到村庄，心灵才能得到片刻的安宁。睡在老家的土炕上，连做梦都是那么美好。晨晓时分，窗外鸟鸣悠扬，我闭着眼睛，静静地倾听，像倾听自己的心声。

2006 年 12 月

2013 年 11 月改

布　鞋

　　"最爱穿的鞋是妈妈纳的千层底儿呀，站得稳哪走得正，踏踏实实闯天下……"

　　1997 年，解晓东一首《中国娃》红遍大江南北，唱出了许多人的心声。那年我正在读高三，学习紧张，我们放学后仍会在单卡录音机上重复播放当时的流行歌曲。尽管磁带有时卡得几乎不能听，但依然乐此不疲地跟着唱和，《中国娃》是每天必听的一首歌。那一年，我们在歌声带来的力量中度过了"黑色七月"。

　　多年过去了，每当听到这首熟悉的歌，我依然难以忘记那段为改变命运而努力的日子，也时常在歌声中情不自禁地回忆起母亲纳鞋的情形。

　　昏黄的灯光下，一位被生活的重担压弯了腰的老人蜷缩在土炕上，依稀斑白的两鬓中间是一张被风霜雨雪侵蚀下的沧桑的脸，她正在眯着眼睛吃力地一针一针地纳鞋底。她，就是我的母亲。

　　在记忆中，村里嫁进来和嫁出去的女人都会做鞋，不会的人会被笑话的。母亲和村里其他的女人一样，没有念过书，却能做出各种模样的鞋来，比如平口鞋、圆口鞋、八眼鞋、千层底儿鞋等。

　　等到胡麻成熟收割后，母亲将胡麻摊开在麦场里，用连枷打，打完胡麻便将胡麻秆捆成一小捆一小捆的，背到门前的小河里浸泡，每捆胡麻秆上都压上石头，防止被水冲走。这样一直浸泡到冬天，等到胡麻秆被水侵蚀腐烂，这时候再将胡麻秆一捆捆捞出来，晾晒在柴火上或墙墩上。

　　农忙时节一过，母亲就将一块块碎布片粘在一起，抹平并贴在木板上，这是"打褙子"。打好褙子后，母亲开始花好几天的时间来打麻线，就是将晾晒的胡麻捆搬到提前准备好的木墩上用棒槌砸，砸碎早已浸泡腐烂的胡麻秆，只剩下胡麻秆上的皮儿。之后，用胡麻皮儿捻麻绳，也叫搓麻线。很多女人一边搓麻线一边哼哼洮州花儿，至今有一首洮州花儿一直记在心里——

　　　　线秆儿捻麻线者尼，
　　　　线线儿轱辘儿转者尼。
　　　　娃们脚冻着颤者尼，
　　　　定定儿把新鞋（hái）盼着尼。

　　等捻出足够的麻绳，褙子也干了。母亲按鞋样把褙子剪成一双双鞋底和鞋帮儿。接下来的功夫就是纳鞋底和纻鞋帮儿，这道工序通常是在闲暇的时候完成的，比如晚饭后或下雨天。晚饭后，几个女人坐在村头树底下，一边谝闲传，一边纳鞋，直到夜幕降临才回到各自家里，在暖烘烘的土炕上，点着昏黄的煤油灯，继续纳鞋。

　　小小的油灯将母亲的身影投在炕墙上，那一刻，母亲的身影很高大，几乎占满了整个墙面。"哧哧"的纳鞋声时时回荡在耳畔，回荡在屋子里，它倾注着母亲的喜悦，也倾注着希望。我时常在母亲纳鞋的"哧哧"声里，进入甜蜜的梦乡。

　　梦里，我穿着新鞋，和伙伴们跳皮筋儿，轻盈的脚步声像欢快的童谣，在村头的麦场上久久不息——.

　　　　脚右脚右盘盘，
　　　　一盘盘到南山。
　　　　南山哥哥会扯线，
　　　　扯了一窝鹌鸽蛋。
　　　　拿到屋尼叫娘看，

把娘看了一身汗。

我家门前有一条小河，叫党家磨河，每天上学要跳过小河。遇到雨天，河水涨了，伙伴们就先脱了鞋子，使尽全力将鞋子扔到河对岸，再卷起裤腿手牵着手蹚过去。过了河，伙伴们提着各自破旧的鞋子，光着脚丫走路，走到脚上的水干了，才穿上鞋。

那时候，伙伴们都没有袜子穿，也习惯了光着脚走路。有时候穿错了鞋，又换鞋、试鞋，直到找到自己的鞋子。

有一次放学回来，我不小心扔偏了鞋子，被冲到了河下游，我赶紧沿河跑着追鞋子，伙伴们也跟着寻找，结果鞋子还是被水冲走了。那天，伙伴们陆陆续续回家了，我不敢回家，一个人悄悄地躲进了河边的柳树林子，双手紧紧地攥着仅剩的一只布鞋默默流泪。

母亲找到我时天已经黑了，她一把抱住我说，赶紧回家，鞋没了，我给你做双新的。

那天晚上，我后悔自己的大意，使母亲又得连夜赶做鞋子。但时间不长，我又将这事抛到脑后，尤其是下雨天，只顾玩耍，竟然忘记脚上的布鞋早已被泥泞裹得没有了鞋样。

听母亲说，一双鞋只做出其中一只时，是不能试穿的，如果试穿了针就会折断的。我也的确看见母亲做鞋时针折断过，却不知道是不是由于试鞋造成的。

后来，有一次放学回家，母亲正好不在家，我迫不及待地找出已做好的一只鞋，试了再试，当时心跳不已，至今想起似乎还能听见紧张的心跳声。母亲回来后，我一直忐忑不安，直到母亲做完那一双鞋并楦好后才放下心来。

当然，针并没有折断，我也没有向任何人提起过试鞋的事，母亲的话在我幼小而好奇的心中出现了漏洞。但我从母亲的话中深深地感受到了她的良苦用心——在窘困的岁月里，教育我们珍惜一枚小小的针。

当上村学的老师后，经常穿皮鞋，很少穿布鞋。但每次回家，母亲总会拿出一双布鞋让我换上。

穿上试试，布鞋除脚汗，不潮，穿着踏实。母亲说。

每当我换上母亲做的布鞋，不仅觉得舒适，踏实，而且心里满满的都是难以抑制的爱的暖流。

　　很多时候，我从母亲粗糙的手中接过新布鞋时要仔细端详许久。鞋底上一排排的针脚，像地里的庄稼，整齐有序，更像一个个贫穷的日子，被母亲打理得井井有条。每一个针脚，都是母亲浓密的爱，在贫穷的年月里，温暖着我。母亲做完一双鞋后又接着做另一双，一直忙碌着，把自己交给生活，交给命运，交给一双双纳不完的布鞋。

　　多年了，我习惯了一下班就穿着母亲做的布鞋，有时候上班也穿，当同事们用异样的眼光看我时，我只是笑笑，什么也不说。我知道，只有脚懂得什么样的鞋才是最适合自己的，什么样的爱才是生命里最真实的延续。我也时常给我的学生讲起试鞋的故事，教导他们如何从珍惜一枚小小的针做起，珍惜身边的一草一木，珍惜美好的生活。

　　在十几年的教学生涯里，我给自己带过课的学生都会教一首歌，那就是解晓东的《中国娃》。很多时候，是教学生唱，更多的是唱给自己听，提醒自己。

　　每当我和学生们一起唱这首歌的时候，眼前便浮现出母亲在昏黄的灯光下纳鞋的情景，那熟悉的身影在歌声和泪水中渐渐模糊，又渐渐清晰。

2006 年 6 月

时光里

屋檐下的鸽子

它们一定是相爱的，幸福的。每次我看到它们的时候，都是比翼齐飞，甚至看到它们的亲昵，像极了喀尔钦那对老人。黄昏，温暖的光芒泄露一地。它们就在我每天路过的破旧屋檐下，不是燕子，燕子冬去春来；它们是鸽子，灵魂的两位使者，在高原的严寒里不离不弃。

起初，它们一看到有人或听到响动就迅速飞走；后来，只要有人靠近或有刺耳的响动，它们就警觉地飞走；再后来，它们看到或听到什么，只是挪动几步，但不飞走，它们对世界的信赖像一滴透明的水。直到被几双贪婪的眼睛盯上，直到它们被一双血淋淋的手摁到欲望的胃里。

每次经过，看不到它们的时候，我就看看粘在椽子上风干的鸽粪，心里就惶恐万分。那些粪有黑色、白色和灰色的，也有黑白相间的，但它们一定是生命的颜色，一定是和平的色彩，一定是爱的光芒。只是，很多时候，人类像抹去自己的未来一样将这一切抹去，只剩下风，在空荡荡的屋檐下飕飕逃窜。

蚂蚁的队伍

喀尔钦不大，它面前的草地却一直绿着，至少现在是，像一块巨大的绿毯。

被脚印踩出的一块空白处，蚂蚁排着长长的队伍。如果不蹲下来，人类的眼睛已经很难注视到这些坚强的生命。

它们一个跟着一个，不掉队，也听不见有谁在喊"一二一""一二三四"或别的什么。我听不到蚂蚁的语言，但我相信它们一定在谈论着什么，比如即将到来的一场大雨，在雨水到来之前迅速抵达安全的巢穴。

我像一个罪恶的人，用小棍划断它们的队伍。惊慌失措之后，它们很快赶上前面的队伍，继续排起自己的长龙，钻进绿色的海洋里。

风一吹，海浪一波一波涌来，但我坚信，它们在海浪下，不会像人类一样手足无措，等待死亡。

雨，滴答滴答地下

小时候，下雨的时候。屋漏，我们用脸盆、木桶、木勺、坛坛罐罐等器皿盛漏下的雨水。一时间，叮叮当当的声音此起彼伏，像一曲美妙的音乐萦绕在屋子里，遮挡住屋外的雨声。

那时候，屋顶修了漏，漏了修，像缝缝补补的岁月。而我们像快乐的小鸟，穿行在音乐里，听不到父母的叹息，也看不到父母脸上的愁云。只要下雨，就开心地搬动盛水的器皿，该搬的也搬，不该搬的也搬。

屋子重新翻修了，不漏雨了，我们却一直盼望下雨，盼望雨滴答滴答地下，屋子里叮叮当当地响。不漏雨了，我们就拿着器皿在屋子里叮叮咚咚地敲，直到敲碎了一只碗，被父亲赶出门外，在黑夜里偷偷啜泣。母亲责怪父亲后，打着火把满村子找，带着哭腔满村子喊。

一头扑进母亲怀里哇哇大哭，眼泪像雨，滴滴答答地落。

雨，滴答滴答地下，我们嗖嗖地成长。

叶落的时候，心里心外都是雨。

世界漏雨了，我们却再也找不到盛雨的器皿。

奔跑的山泉

通往老屋的小径，掩映在浓密的草丛里。晶莹的山泉从木桶里荡出来，打湿脚下的花儿。顿时，花儿的眼睛便朝着你的方向盛开。旁边流淌的泉水，漫过光滑的石头和干净的沙粒，跟着你的脚步哗哗地跑。

挑水的村妇已经进了村，回到了老屋，山泉还在奔跑，它们追赶什么呢？从我记事起，它就在跑。牛羊吃草经过泉边时，跟着牛羊跑；我去饮驴，驴叫的时候跟着驴叫；我们一群孩子玩累了、渴了，直接趴下喝时，它就咯咯地笑，我们走远了，它的笑声还在身后追赶，一不留神，它就跑到我们前面去了。

春风一吹，我们就离开村子，跑进城。剩下许多田地就荒着，村子一下子就空荡荡的，只有那个叫狗蛋的孩子，每天在村口张望。天黑下来，他提着一壶泉水，给爷爷煮饭。冬天了，一场雪接着一场雪，我们在苍茫的白里归来。

我们带来了播种机，牛羊驴都被牵走，狗蛋和山泉一样追着跑；自来水拉到了灶房，我们不去挑水了，扁担被高高挂起，但狗蛋还提着水壶去舀山泉，他看见山泉还在追着自己跑，它在追赶什么呢？后来，我们继续像风一样在跑，跑着跑着就发现我们丢弃了什么，我们在跑什么呢？

树上挂满了鸟鸣

泥土的味道弥漫在雨后的黄昏。小村的牛羊踏着泥泞，慢条斯理地回到圈里。老母鸡领着孩子们回到鸡窝。那头公猪嘶叫了一下午，终于在换来了一桶麦麸拌杂草的晚餐后，渐渐安静下来。只剩下村子泥土小巷里一堆堆的牛粪，还在冒着热气，像屋顶上一缕缕的炊烟，弥漫着家的味道，一切像梦一样恬静。

突然，巷口传来无数的鸟鸣，数不清的麻雀从一棵树飞到另一棵树，树上挂满了鸟鸣。村子一下子被麻雀淹没，被鸟鸣淹没。我被这突如其来的麻雀和鸟鸣震颤着。但我相信，它们一定是在互相呼唤着，怕落下一个亲人；它们一定有家，可是为什么不回家呢？

是啊！它们为什么不回家呢？

天快黑了，它们在寻找什么呢？

前面的前面是天空

门前是水渠，水渠的一头是树林，另一头是磨房，磨轮吱扭吱扭地转动。

向前是一块菜园，里面的韭菜、菠菜、芹菜等菜绿油油的。菜园边上围着篱笆，但被喇叭花、豆角缠绕得看不到它的存在，远看，似乎这些植物都在站着。

向前是一块沙滩和一条小河，阳光落下，沙滩和小河白花花的，像十万雪花银。小河马不停蹄地奔跑，转眼间，十万雪花银被流水哗哗地带走，只剩下石头上一圈圈的痕迹。

跨过小河，是几块油菜花地，金黄色的油菜花像梦一样迷人、生命一样尊贵。再向前，是一座山，被梯田打扮得五彩缤纷。一级一级的梯田延伸到山顶，再向上就是天空。

我一直梦见自己向前走，走了三十多年，依然在走。我不知道前面究竟是什么，也不知道前面究竟有多远，只记得奶奶三十年前背着背篼，背篼里装着我去赶牛。

你的前面是什么？奶奶。奶奶的前面是什么？是吃草的牛。牛的前面是什么？是草地。草地的前面是什么？是山。山的前面是什么？是天空。天空的前面是什么？是前面。前面的前面是什么？是天空……

这样对答，一直到我在奶奶的背篼里梦见辽阔的天空。

像麦垛一样

收割后的洮州，像披着一件缀满补丁的战袍。

麦垛是他的子民，一排排整齐地站在田地里，守护着这座古老的城。他们，照见彼此的呼吸和心跳。

城外的村庄，传来一声声鸡鸣和犬吠，像戳穿谎言一样，轻而易举就打破了城的沉寂。

我相信，麦垛是真诚的，一闪而过的光芒是温暖的。

母亲愈加苍老，她的手指偶尔会被针刺破，她将流血的手指含在嘴里，让骨肉相连的痛浸满一丝丝温暖。接着，又开始不知疲惫地拿起针线，缝补我们漏洞百出的生活和伤痕累累的日子。

母亲缝出的补丁，一块接着一块，刚好抵御一场突如其来的寒霜。

而我，麦垛一样，裹紧单薄的身子，把自己丢在风中，找不到春天的出口，像一粒干瘪的种子，被荒草掩埋。

那些云朵

像一片柔软的雪，一触即破。但我们触摸不到，只有风才能与它共舞。

它在高远处，变幻着各种鬼脸，但我们无法去猜透它的心事和思想。我们在低处，仰望，挥手，但它看不见，它需要关注更多大地上的事情，然后和风一起去实现。其实，很多时候，我们看到的未必都是真实的，也未必都是虚幻的。悲哀的不是我们看错了什么，而是明明知道错了，却不加置疑，死不悔改。

我们仰望与低头之间，或许只需极短的时间，像某种意识的瞬间产生，某个事件的突然发生。然而，让它们像云一样轻，一样白，一样消失，却需要一年、一生或者更久的时光。

我们再次抬头，仰望。风吹过，云就跟着风儿一起离开。

我们再次低头，沉思。风吹过，生活的云却沉甸甸的，压得自己喘不过气来。

2016 年 1 月

牧　歌

苏鲁花开

一匹马跑累的时候，你还没有出现。

无数匹马跑累的时候，才看到你羞涩的容颜。

从云层挤出的一缕阳光，打在马背上，马顿时光芒四射。

广袤的甘南草原上，被马蹄溅起的花瓣，如金色的牧歌。

为你我，还有更多的旅人，盛放一腔满满的温暖和爱。

苏鲁花，蕴藏了多少人间的悲苦，才在心灵的草原绽放生命的本色。

你看，那铺天盖地的光芒，映红谁三十多年的守望和相思。

在甘南，马，依旧在奔跑；苏鲁花，依旧在芬芳。

而我们却慵懒在谎言里，被红尘淹没。

我一直相信马是太阳的另一种存在，和苏鲁花一样。

它照见人类的真实和虚伪，也照见生命的坚韧与懦弱。

甘南草原

天空，比海更辽阔，比海的蓝更纯净，更萌动一个人的静思。

偶尔有白云，雪一样耀眼，迷醉。

向下，是羊群，如撒落的花瓣，在高原的风中，飘荡。

留在草原上的脚印，被新生的碧草覆盖，像覆盖着一段神秘的传奇。

传奇里住着两个人，你和我。

时光的马车经过，我们像两道辙痕，越走越远。

格桑花依然在盛开和凋零，青草依然在生长和枯萎，生命像旋转的经筒周而复始。

而我们的脚印，却越来越轻，如微尘般被风吹散。

我们的身影越来越沉，在时间的草丛里，深不见底。

雪域甘南

五月的夜色，一场雪柔美而忧伤，飘白了往事。

一场落在五月的雪，替谁掩盖了前世今生的秘密。

那些留在草尖上的牧歌，是谁游弋的怀念和渴望？

甘南啊，你是我生命奔涌的河流，承载着一个行吟者全部的风霜、言辞和想象。

但我听不到你奔跑的波澜，听不到高昂，远方的天空雪野一样渐次迷茫。

一棵棵站在风雪中的树木，等了整整一个冬天，还没有等来你的消息。

风一吹，他们如我的守望，沉闷、死寂、虚空，雪一样惨白，夜一样的空洞。

在甘南，冬天像一个人生命一样漫长而坚韧。

一个人经历多少严寒、风霜和苍凉，就拥有多少生命的真实、力量与色彩。

迭山横雪

铁尺梁的高度是精神的高度，也是梦想的高度。

攀援铁尺梁是人生中一次真实的跋涉和经历。

而那迂回曲折的道路就是梦想与现实的距离。

在铁尺梁放眼远眺，茫茫迭山如大海汹涌的波浪，浩瀚而壮观。

阳光下光彩熠熠的积雪，闪烁着晶莹的光芒。

苍茫的白与天相接。每一个途经迭山的旅人心怀虔诚。

是山海，是林海，还是雪海？

广阔与坚韧同在，清澈与苍茫同在。

而我们终究是渺小的，如迭山深处的一粒积雪。

面对蜿蜒巍峨的迭山和无垠的横雪，我想：人只有在经历了渺小之后，或许才能抵达内心的博大。在经历了艰难的跋涉之后，或许才能真正抵达精神的高度。

黄河首曲

穿越青海果洛高原，你一路奔波，一路飞翔。

此刻，一定是累了，我看到你在玛曲草原疲惫的身影和缓慢的行走。

拥着草原如梦，恰似银河，在无数湖泊的陪伴下，闪烁着尘世间浩瀚的光芒。

当吉祥的彩虹为天际苍穹和万顷碧野搭起一座桥，一群群的牛羊和河曲马是幸福的，辽阔的牧场就是它们的天堂；煨桑的阿妈和挤奶的卓玛是幸福的，悠远的牧歌就是她们柔软的故乡。

我相信，在黄河首曲，天堂里的人间和人间里的天堂仅隔着一滴水的距离。

而这一滴水，就是欧拉秀玛的西梅朵塘，它融合了生命的三种色彩：金莲、龙胆和毛茛。

它们，像格萨尔王生生不息的传奇，构成了首曲草原上生命的坚韧和斑斓。

甘南的雨

天空阴沉。甘南的雨，说来就来，抵达草原。

铺开一张画卷，牛羊和帐篷便是思想的全部。

淅淅沥沥的雨丝铺洒下来，温润着谁的容颜和心扉？

如一份绵密的爱，慰藉着整个草原。

一滴雨，就是生命的一次完美再现，精致，美丽，晶莹。

尽管雨是冷的，风也是冷的。

但我聆听到草木吮吸的声音，空灵而幸福，如春天温暖的颂词。

万物破土的声音，从容而强大，在灵魂深处沉湎，回荡。

倏忽间，雨停了。而牛羊和帐篷还在，草原和阳光还在，牧歌还在。

爱像生命一样，瞬间成为一种永恒的存在，在你我心灵的疆域，绚烂而超然。

雪落羚城

带着梦幻的色彩，飘落，铺满故乡甘南空旷的草原。

那些被覆盖的枯草是谁血管里奔突的声音？带着眷恋，带着一粒粒悸动的表达和倾诉。

羚羊街白色的脚印，像一首首被遗忘的古诗词，平平仄仄。

道路两旁忽明忽暗的灯光无精打采，像被遗弃的老人的叹息和喃喃自语。

雪落羚城。你是我前世许下的诺言，携着秘密皈依于一场梦的真实存在和夜的潮湿。

那个在黄昏莅临时于风雪中远行的牧人，一场大雪便是一个人生命里深刻的歌唱。

街道寂静得隐秘，寂静得如此令人倾心，寂静得只听见雪花的掌声和心跳的声音。

让我们在此刻与雪共舞，让我们把爱延续为草原至高无上的永恒。

让风声持续，让龙头琴颤抖的琴弦，振落大地洁白的衣衫上斑驳的灰尘。

雪落羚城，一场梦就此闪耀着辽远的光芒。

赤壁幽谷

是谁裸露着赭红的胸膛，怀抱一条历史的河流？

遥遥相望的身影于扑面而来的风中，摇摇欲坠。

淅沥的雨丝流动着一幅鬼斧神工的杰作：恍若隔世的沧桑与生命的博大。

那条蜿蜒的巨蟒穿越了幽谷，也穿越了人类苍白的思想和灵魂。

此时，人类的语言是多么脆弱，那么无力。

亲近赤壁，是一次与时光的相遇，也是一次与历史的交谈。

那道打开的圣旨，写满仁爱和和睦，期盼和希望。

那个典雅的观音瓶，为你为我，为芸芸众生洒下真善美的雨露。

风过处时，幽谷里响起一曲雄浑而苍凉的歌声，震撼着我们的心灵。

我相信这里的风已不再是风，而是一名歌者，传唱着历史和时代的变迁。

山依然在山的高处，谷依然在谷的低处。

而身处尘世的你我，还有他们，无需仰望，只有勇于攀登才能彰显活着的意义；无需俯瞰，只有脚踏实地才能谱写生命的真实。

茨日那村

茨日那，这个藏族村寨就在眼前，秀丽、静谧而温暖。

牛羊舔舐的青草是多么幸福，耕耘在村寨的父辈是多么幸福。

记忆中的小木楼，因光明的足迹而真切。

跨过木架仙人桥便跨过了白龙江，跨过了艰苦的岁月和黑暗。

而被风雨侵蚀的小木楼和仙人桥已不复存在，幻化为心中永不磨灭的记忆。

那段艰难的征程和黑暗的日子早已成为历史，让我们用一生来瞻仰和怀念。

经过茨日那，是一次心灵的洗礼。

远离尘世的聒噪，也远离坚硬的钢筋水泥，返璞归真。

经过茨日那，我看到，鸟鸣与花香铺开的道路，向远方延伸而去。

一头连着过去，一头通向灵魂的高地，也通向幸福和未来。

或许，茨日那只是与我们擦肩而过的一个驿站，我们只是一个过客。

或许，茨日那从此便永驻心间，伴着你我走过人生的白昼和黑夜。

映翠湖畔

秋天渐近，我们如期而至。

在烟雨里，在丛林深处，你安详而恬静。

置身烟波浩渺的映翠湖畔，如梦如幻。

缕缕微波似一曲曲悠远的牧歌，传唱着似水如烟的往事。

忽略跋涉的艰辛吧，让那一泓碧绿涤荡每个人的心灵。

忽略旅途的疲惫吧，让微风拂去灵魂的灰尘和思想的杂念。

就这样，默默地端坐祖国的一隅；就这样，进行一次彻底的遐想与思索。

远处是淡淡的云雾，笼罩着她真实的面庞和笑靥。

映翠湖是宁静的，静得博大，静得真切。

我们的静只是一种形式或现象，而心灵的静才是生命的静。

就这样，与自己对话，与水倾谈。

之后，为自己构想一个与世无争的梦，与你长相厮守，不离不弃。

曲哈尔湖

卸下尘世的疲惫，草地便打开人间最温暖的巢。

曲哈尔湖将天空和大地对称展开——

这里的一切事物都拥有另一个自己，一个在水之上，一个在水之下。

人间所有的风霜雨雪，都被另一个自己默默地承受和记录。

风起，与你一起醉；风止，与你一起醒。

这么多年了，我们经历着不同的哀伤和疼痛，也感受着不同的幸福和快乐。

而曲哈尔湖才是那个照见我们心灵的镜子，有心跳和呼吸、思想和生命的镜子，它替我们活着、爱着，梦着、醒着。

在曲哈尔湖，我不做自己，只做你身边的一棵小草或一朵小花，一只蜜蜂或一缕微风。

不需要眺望，阿尼玛卿雪山就印在曲哈尔湖，像格萨尔的身影印在灵魂深处。

不需要聆听，猎猎经幡颂唱着英雄的史诗，像格萨尔的传说在血管流淌。

桑科草原

打开经卷。时间是一只雄鹰的速度，将天空一分为二,一半是业已逝去的梦。一半是草原一样苍茫的现实。

风吹。雪落。飞翔的羽翼承载着越来越沉重的思想。

生生不息的酥油灯就在眼前，但我们看不到它的燃烧，我们的眼睛早已混浊。

桑科草原就在不远处，但我们却如此渺小，如一只蚂蚁淹没在草丛里，我们的灵魂早已萎缩成一粒细微的尘埃。

我们一遍又一遍地绕着拉卜楞寺行走，以此祈祷，以此赎罪。

风止时，只剩下诵经的声音，像一匹奔驰在桑科草原上的马，在灵魂的草原找回自己生命的真谛。

2015 年 1 月

心怀故乡

草地上

草地高处，风独自奔跑。凋谢的花瓣，像失去母亲的孩子，带着泪珠在身后追逐，直到风翻过远处的那座山。

我途经之时，暮色将近。

在此之前，低垂的云朵蕴含着细碎的雪粒，一遍遍填充着生活的盲区。

那些柔软的花瓣拽着草叶唯一的血脉，依依不舍，但我们都经历了选择与别离。

羊群漫过，像我们一样，只顾利益的诱惑，对融化在血脉里的生命和爱视而不见。

深秋将至，我们又一次翻出记忆和烈酒。在这片草地上，这是我必经的事情——

以此温暖心中或枯黄或残缺或冰凉的花瓣，以此宽慰亲人的离世和空空的家园，以此给自己重新画出心中斑驳的远方……

夜色已深，草地上零星的灯光像暗藏于心的秘密，肆意放大存在的意义。但除了天空辽远，剩下的便是无际的寂静。

在草地上生活久了，沉睡与苏醒只是一种表象，孤独与空旷只是自己给心灵划定的空间。

也许，当我们以草叶的方式重新活过，高原的风将是我们一同抵达远方最亲的人，它替你我铺开了生活的路，也替你我传唱着源自信念的力量。

幸福的草

一群羊，从草原带回湿润的空气。

面对主人的无视，它们咩咩地叫着，抖落满身青草气息，径自归圈。

一堆燃烧的牛粪饼，将世界一分为二：冷和暖。

冷是暖的手背，暖是冷的手心。

伸开是昨夜缝补的帐篷，线痕纵横交错，但清晰可见；蜷缩是落日掉进垭口时的背影，孤绝而茫然。

在一个人的生活里，一顶帐篷就是一座故乡的村庄，适合杂草丛生，也适合井井有条；适合肆意地活着，也适合禁锢所有的欲望。

我们把自己活成一棵草，在草丛里拼命挣扎，努力活成不一样的草。但草，终究是草，它的伟大和平凡，源自寂然的一生。

但我相信，被羊啃食的草是幸福的，它们以另一种方式完成了宿命，也以另一种方式重新遇见与存活。

苏鲁花

苏鲁花又一次迎来了夏日高原的暖风，阳光般热烈。

耀眼的金色在经历漫长的寒冷和风雪后，绽放生命本真的光芒。

一朵花，需要持久的等待和孕育，才能完成一场约定。

成片的云朵，羊群般擦肩而过。

一只疲惫的蜜蜂，停留枝头，捧出甜蜜的代名词。

柔软的馨香，让高原的冷峻瞬间多了一份温情和暖流。

在高原，我习惯于坚守，等待闪电划过苍穹，唤醒梦中的苏鲁花。

在风中，我习惯于打开自己，让风穿越心灵，绘出生活的底色。

老屋

老屋坍塌的地方已草色青青，它掩盖了漆黑的椽子，也隐藏了我们内心的愧欠。

父亲说，老屋和人一样，老了身子骨到处都疼。

如果不是父亲的提醒，我们很难发现老屋的病痛。老屋像一个词语，单薄而深厚。

黛色的瓦，在时光里经历着春夏秋冬，似乎不曾褪色，不曾老去。像父亲的爱，沉默着，但却细致入微。

我沉迷于老屋的温暖，又羞于面对老屋的破损。

哗哗的水流声透过草丛，带着光亮挤进来，席地而坐。

或许，老屋终将是我们的归宿。缝隙间丛生的杂草，是连接过去与未来的桥梁，而一缕炊烟里牵出的火苗，像心中的灯盏，照见我们的归途和越来越少的时光。

高原雪

用雪铸魂，碎小的雪花也能劈开生活的坚硬。

纵使经受断裂和破碎的疼痛，纵使难以逃避消亡的命运。

我们抛开侵肌的风，播下青稞和格桑花，它们长成生活的两个面——

一个是坚硬的骨骼，锋芒毕露；

一个是斑斓的日子，悠柔如溪。

一株青稞，在甘南漫长的冬日，储备梦想和力量。

一束格桑花，在草原宽厚的胸襟，根植幸福和传说。

在高原，我们接住了洁净的冷，也接住了凛冽的寒。

我们把日子分为白昼和黑夜，以此换取明亮的思绪。

高原的雪，虔诚的雪，信仰的雪——

我们是永生的雪。

心怀故乡

仿佛不曾年轻过，时光的影子，已在你脸上缩为凌乱的斑点；时光的刀子，已在你额头留下划痕。

门前的洮河悄然流淌，但它来不及回头。高原上的事物，变幻如云。

你守着空寂的老屋和岸边的烟火，日出月落，陷入一次持久的叹息。

草叶撑着露珠，我们撑着欲望。世界凸显了我们的渺小，风加剧了我们的消失。

在一滴水的眼睛里，肉身比草木枯萎得更快。出生地不一定就是归宿，但归宿一定是另一个生命的起点或阴影。

而太阳和月亮，在各自的轨道上周而复始，坚守着与世无争的永恒。

我们所执着的回忆，只是异乡的寒夜里，一张狭窄的温床，靠在冰凉的水泥墙角，像一棵小草挨着一块石头，一块石头挨着一座山，以此抵挡风的掠夺和自己未曾觉察的罪恶。

那些虚幻的存在，触手可及，随时将耗尽我们的一生。

唯有心怀故乡，思想里才有最真切的葱花味儿，牛粪味儿，泥土味儿……

宽恕

近处的蚁群，远处的辽阔，构成高原的一个隐喻。

我们是隐喻的一部分，在低处以自己的方式打开现实的故乡与心灵的远方。

母亲说，故乡的桃花、杏花、梨花都开了，但却夭折于一场大雪。雪消融后的土地上，厚厚的花瓣，像粉碎了的梦。

冰凉的夜晚，风孤独地吹，一日千里，也难以抵达故乡深处。

窗外的迎春花，被霓虹灯照亮，静默如雪。

在此之外，夜色漆黑而沉默，如一条河流，在时光里逆行。

我们的脚步，深浅不一，像故乡一声声叹息，淹没遍地的创伤。

当黎明抵达后，我们一遍遍擦拭错乱的日子，归位秩序。

当破土而出的青稞覆盖荒芜的土地，我们又一次窥见轻浮的云层，缓慢越过。

那一刻，我宽恕了自己，也宽恕了蚁群般紊乱的抒写。

洮河

从草原深处走来，走出了一条柔美的曲线。线的两头是故乡和远方，也是牧歌和大海。

冬去春来，你马不停蹄地奔跑，只为赴一次永不言弃的约。

而闪烁的浪花和洁白的云朵，是我们隔空相望的眼眸。

从草原到峡谷，你风雨无阻。一次次回头，又一次次远去，像极了我孤独而执拗地行走，在一滴浪花的世界里，义无反顾。

洮河岸边的村庄业已不复存在，村庄里的十二盘水磨业已淹没在尘世。迁移后的残垣断壁，见证了故乡的兴衰，也见证了背井离乡的剧痛。

你流向大海，亲人走进大漠，一别就是一生，就是一世。

我们，是一群拖家带口的蚂蚁，沿着梦的足迹，寻找血脉深处的天堂。

习惯了你的陪伴，听惯了你的歌谣，亲人在一粒沙中寻找水源和故乡的影子，而我在高原的飘雪中，接住风捎来的口信：大漠藏乡的声音。

在洮河岸边的玛艾镇，我时常趁着夜色，亲近洮河，倾听洮河。

每一缕月光，都是抵达心灵的牵挂；每一缕波浪，都泛起无限的惆怅。

捧起一股洮水，像握住故乡亲人的双手，温暖与冰凉交织，更多的水是抽身离开时的身影，无法挽回，一转身就成永别。

没有迁移的父亲，日夜与洮河相伴，在岸边守护着那熟悉而亲切的土地，像守护着自己的庄稼和儿女，不离不弃。

事实上，洮河从未离开过，她像父母的血脉，始终在我们心中流淌着，久久不息；始终在高原之上，填补滋养着每一棵小草成长的日子。

2020 年 4 月

辑三

洮水留痕

当一个人或一个地方在自己心中留下不好的印象，一段时间难以改变，甚至一生都难以改变。这只是自己跟自己过不去，刻意在心里放大了它的存在，忽略或缩小了原本一些美好的东西。

书　房

　　"你在哪里，书房就在哪里。"用这句话来形容我与书房的关系甚为恰当。常年在外工作，无固定居所，大部分书都随我"东奔西走"。

　　二十年前，我被分配到大山深处的一所村学当老师。开学前的一个周末，我用自行车驮了两纸箱书和铺盖去学校报到。学校依山而建，只有两排瓦房，一排是教室，一排是宿舍、仓库和煤房。有四个老师，两个是学校附近的，不住校，周末就只剩下五十多岁的陈老师和比我大几岁的杨老师。

　　学校为我腾出一间仓库当宿舍，仓库里有两个纯松木的旧书架，落满灰尘，油漆几乎也掉光了，刚一搬动似乎就要散架。陈老师建议将书架搬到煤房，冬天了生火用。我觉得可惜，这可是难得的"宝贝"，若要重新购买，得到六十里外的集市上去，山高路远的，非常不便。见我如获珍宝，杨老师笑道："那就把它俩留下，给你做伴儿吧！"

　　他们很热心，不到半天工夫，仓库就腾出来了。顾不上歇息，又开始帮我搬砖支床，和泥垒炉子、镶烟筒，打扫顶棚上满是苍蝇尸体的蜘蛛网。我则用几个生锈的钉子和铁丝固定书架松动的木板，又找来一罐黄漆将书架刷了一遍。顿时，两个旧书架摇身一变，发出金色的光芒。他们笑道："这俩破架子经你一收拾，还真是个'宝贝'呢！"

　　几天后，油漆干了，我将书架安置在床边，整齐地摆好书。宿舍不到二十平方米，办公、做饭、休息都在一起，我喜欢这样的环境，遂将宿舍称为书房，这也是我的第一个书房。

学校里没有图书，更别说图书室了，我的书房便在不知不觉中充当起了图书室。尽管书不多，但学生们都很乐意到我的书房里来看书，一下课就蜂拥而至。后来，我只要去集市，都会买一些书回来。那时工资很低，只有四百多元，入不敷出，无奈之下只能写信给我的同学，希望他们为山区的孩子捐书。一个月后，陆续收到了不少同学寄来的书，从五六本到几十本，从旧书到新书，一时间，两个书架上早已经摆不下，只能堆在地上。

杨老师见状，建议我将堆在地上的书分成几份，分别放在每个教室，设立图书角，也方便学生阅读。一星期后，我们都发现图书角的好多书不翼而飞了。"书丢了都怪我。"杨老师有些内疚地说，"我找了村里的木匠，让他做两个书架，估计两三天就能做好。"我安慰杨老师："孩子们喜欢书是好事儿，就怕孩子们不爱读书呢！"杨老师瞪大眼睛，惊讶地看着我半天没说话。

增添书架后，我的书房彻底成了学校名副其实的图书室。附近村庄的孩子们一有空闲，就跑到我的书房来看书。一天晚饭后，有个四年级的孩子来看书，他怯生生地趴在我耳边悄悄地告诉我："老师，您的书真多，我也想有个您这样的书房！"我拍了拍他的小肩膀说："这就是你的书房啊，也是我们大家的书房！"那一刻，当看到他童真的脸上充满难以掩饰的喜悦和激动时，我决定将书房里所有的图书留下来。我知道，我的书房不再是我自己的，而是孩子们的，它承载着我的那些同学一份份沉甸甸的爱，也承载着大山里孩子们的希望和梦想。

十二年后，我离开了大山深处的村校，也离开了那个陪伴我度过了十二年时光的书房。后来，随着工作的变动，在不同的地方，我都"建立"过不同的书房，书房的布置也越来越静谧舒适，非常适合一个人在书房里静心阅读和写作。然而，每当一个人待在书房里时，静谧舒适的环境反而让我觉得心里空荡荡的，没处着落，总觉得少了点什么。尽管有书陪伴，也可以时常与书中的人物安静地"交流"，但心里却多了一份压抑和孤寂。

或许，我与书房就像两个人的相逢，与第一个书房擦肩而过，但却终生难忘；与现在的书房平淡如水，却默默相依相守。我想，无论是哪一个书房，只要我们曾经拥有过，付出过，深爱过，人生就是幸福的。

2018 年 9 月

太儿滩

炎热的夏天，人们都在寻找或渴盼着一份清新和凉爽。

同事告诉我有一个叫太儿滩的地方，风景不错，既可以避暑，还能消解疲劳，路途也不远。我们一行几人骑着摩托车出发了，都想看看同事广告一样宣传下的太儿滩。

初到太儿滩，便被她的绿所沉醉。一条小溪顺着山沟哗哗地流下来，又欢快地流向远方。绿树掩映下的草地上长满了水草、马莲以及叫不出名的碧草，各色小花在草丛间竞相绽放，宛如一片碧绿的湖面荡起的涟漪，闪烁着斑斓的光芒。置身其间，我们似乎不是在草地上树影下，而像是在碧波上荡着一叶小舟，缓缓地移动。微风习习，绿色的波浪不断向岸边涌去。我不禁想起唐代诗人王维的《周庄河》："清风拂绿柳，白水映红桃。舟行碧波上，人在画中游。"

当地一位七十多岁的牟先生讲，原来这片地方全是茂密的森林，人们为了谋生，大量砍伐树木来烧炭，之后将烧好的炭运到集市上卖钱或换取日常生活用品。时间一长，人们为了方便烧炭，就在山上打了许多烧炭的窑洞，于是，便将这片地方称作"炭窑"。后来，因为受方言发音的影响，时常把"炭窑"叫作"太阳儿"。一直到70年代中期，当地政府规范每一块地方的命名，遵循当地的发音习惯，确定了这片土地现在的名字——太儿。由于太儿村旁边有一片比较开阔的草地，当地人习惯将"草地"称作"滩"，所以，就将这片草地叫作太儿滩了。

太儿滩，占地有五十多亩，三面环山。滩旁绿树掩映下有一眼清泉，叫"喜泉"，泉水汩汩地向外冒出，清冽甘甜的泉水浇灌得水草茂盛而嫩长，在炎热的夏季，争先恐后地吮吸着大自然甘甜清凉的乳汁。掬一捧泉水饮下，顿时沁人心脾，心旷神怡。饮下的似乎不是水，而是一种绿色的情怀和希望。

牟先生说，每年农历六月初六，邻村的群众自发地来到太儿滩，举行"祭泉"活动。仪式很简单，男人们围着喜泉诵经，以此祈祷一年风调雨顺，人畜兴旺，四季平安；女人们一群群围坐在草地上，用她们天生嘹亮的嗓音唱着洮州花儿，抒发着对未来美好生活的憧憬，祈祷着儿女早日成双成对，老人们健康长寿、家庭和睦。活动结束的时候，女人们都会灌一壶泉水带到家里，传说可以祛病养颜。尽管这只是一个传说，但我从中感受到了当地妇女对生活的热爱和对美的追求。

就在我们几个赞叹这大自然的馈赠时，不知什么时候，三个小孩远远地站在我们身后，怯生生地看着我们。看得出三个小孩在为我们对这片草地的迷恋和对泉水的喜爱而感到惊讶和疑惑，在他们眼中世界本就是山清水秀、鸟语花香的。我准备给他们拍照时，他们更加紧张，其中一个小孩不知所措地躲到了树后。我告诉他们不要怕，下次我来的时候会把洗出的照片送来的，不要钱的。

三个小孩一下子跑过来抢镜头，并告诉我他们都是太儿村的。一个身着天蓝色 T 恤的小男孩问我饿不饿，说他有方便面，我才注意到他手中拿着没有吃完的半袋方便面。头戴灰色太阳帽的男孩抢着说，他家里做了麦索（洮州一种独特的绿色美食），比方便面好吃。那一刻，我被他们的纯真、善良和热情所深深地打动。他们是太儿滩真正的主人，他们的生活像这片草地一样是绿色的，那泉水一样清澈的眼睛，看到的是水草一样的绿色，马莲花一样的蓝天，花儿一样灿烂的笑脸。

拍完照，三个小孩和我们在草地上聊天、唱歌、嬉戏、猜谜语。童真的歌声和嬉笑声与小鸟的啁啾融为一体，回荡在草丛间、树林间，回荡在大草滩的天空，也回荡在我们每一个人的心灵深处。

太儿滩因远离了尘世的喧嚣和聒噪而显得那么迷人，她的绿是一种静谧的绿，质朴的绿，诗意的绿。走进太儿滩，似乎走进了碧波荡漾的梦里，走进了香格里拉。

2011 年 8 月

洮河边的花儿

1

脚右脚右盘盘，
一盘盘到南山。
南山哥哥会扯线，
扯了一窝鹁鸽蛋。
拿到屋尼叫娘看，
把娘看了一身汗。
驴蹄儿，
马蹄儿，
蜷过阿婆一只儿。

宽阔的观园场里，我们手拉着手，围成一个圆圈又跳又唱。风，将童稚的声音传到寨子的上空，盘旋着，不肯离去，像一群恋家的鸽子。直到寨子后的大湾山一把将太阳拽下去，我们才悻悻然散开跑回家中。

那时，我们经常饿肚子。能有一个洋芋填饱呱呱叫的肚子，算是一件幸福而奢侈的事情。就连做梦，小嘴巴都吧唧吧唧地响个不停。白路平说，他经常梦见灶房铁锅里冒着热气的白馒头，一口咬下去，软绵绵的甜直往肚子里钻，那是一种像要飞起来的感觉。他每次说起这些，都微闭着眼睛，舌头总要在嘴唇上扫舔一圈，像真的吃完了白馒头一样。

徐老三不屑地说，你就吹吧，你那是瞎子拉二胡——胡扯蛋呢！

去去去，你才是瞎子呢，我阿大说了，等我们长大了就有白馍馍吃了。白路平瞪了一眼徐老三，和伙伴们一起唱起来——

> 扯板，改板，
> 阿舅来了没碗，
> 洗脸盆当碗，
> 把阿舅气得没喘。

有时候，饿极了，我们就挖野菜吃。野菜挖光了，趴在洮河边喝水充饥。运气好的时候，还能摸上一两条拇指粗的狗鱼。谁也不敢往河中间去，怕被汹涌的洮河水冲走，怕被鱼吃了。那时候，我们盼望自己捉到一条大鱼，又害怕被大鱼吃掉，尽管知道河中间肯定有大鱼。上小学二年级的时候，洮河发过一次洪水，很多人在河边捞到过大鱼，像碗口那么大。扔到沙滩上了，还活蹦乱跳的。有人抢起锄头，"啪"的一声砸在鱼头上，鱼嘴、鱼眼里鲜血直往外冒，渗进沙子里。大鱼猛烈地挣扎一会儿后，渐渐平静下来。

我吓得躲在白路平身后，不敢看，害怕看到血。每到过年，我总是躲在家里不敢出门，怕听到谁家杀猪时，猪撕心裂肺的绝望的号叫，怕明晃晃的刀子刺进猪脖子后顺着刀刃哗哗流淌的冒着热气的鲜血，还有屠夫征服一头猪时得意而狰狞的笑声。

大人们得意洋洋地提起血淋淋的大鱼走了。一群小孩子，像闻着了腥味儿的苍蝇，嗡嗡地跟着追去。

追了一段路，白路平见我没有跟着，带着一群苍蝇又奔向沙滩，似乎留在沙滩上的那摊鱼血比鱼本身更具吸引力。他们围着我嗡嗡地飞，像挥不去的歌谣——

> 哭皮胎，笑皮胎，

脸上挂个尿脬胎。
尿脬跌到河里了，
担水阿婆拾下了。
挂到老爷堂上了，
老爷一口尝上了。
老爷尝是不香，
把哭皮胎一枪。

冬天来了。我们，一会儿在雪地里打雪仗、堆雪人、滑雪，一会儿又跑到洮河岸边吃麻浮，麻浮又叫洮水流珠。冬天洮河水面上浩浩荡荡地漂流着玛瑙般大小的冰珠，玉润珠圆，晶莹剔透。细听，麻浮互相碰撞的声音，恰似一曲"大珠小珠落玉盘"的奇妙乐曲。

我们从河里捧起滚圆晶亮的麻浮，用舌尖轻轻地舔舐。冰凉瞬间揪住舌头，舌头瞬间缩回嘴里。咧着小嘴笑笑，如此反复舔舐，几次后，便将一颗颗麻浮含在嘴里，任其在嘴里慢慢融化，流进五脏六腑。一双双冻得通红的小手，在麻浮间滑来滑去。白路平像触摸到了他梦中白花花的馒头，大口大口地吃着麻浮，咯嘣咯嘣的声音从口腔传出。吃麻浮的日子，我们的眼睛和心里暖融融的，热腾腾的，没有一丝寒冷。

"玛瑙大，装不下；玛瑙小，收成小。"

那时候，我们不懂得这些，只管吃，一口咬下去，像咬到了春天，咬到了杏花里芝麻大小的杏子，酸得龇牙咧嘴，酸得直拌嘴，直流泪。

2

有一年夏天，我们去北山林里挖草药，回来的途中阿秋摔伤了，是白路平背回来的。

阿秋的父亲叫张飞翔，逢人便说，我们一家人命苦，阿秋才十几岁就摔成这样，以后的日子怎么过？

村里没有医生，方圆几十里都没有。有人生病了就找草药胡乱搅在一起煮着喝，死马当作活马医，纯属碰运气。治好了，算命大，治不好，就去闫家寺请喇嘛。但闫家寺离寨子路途遥远，大家都愿意选择近处的算命先生或阴阳先生。无论是喇嘛、算命先生还是阴阳先生，只要他们说没得救，就只能听天由命。那年月，人的命都似乎很贱。

我们去看阿秋。阿秋蜷缩在土炕上，头发蓬乱，面黄肌瘦。彩虹摇了摇阿秋。阿秋没有反应，只剩下微弱的呼吸，奄奄一息。阿秋娘拉着我们的手，眼泪哗啦哗啦地往下掉，砸得我们心里一揪一揪的。

从阿秋家出来，风不算冷，但抽打在我们的脸上，硬生生地疼。风夹杂着牛粪的味道和尘土，一浪一浪地汹涌而来。那一刻，我觉得阿秋像一叶小舟，被汹涌的浪涛抛起又狠狠地摔下来，瞬间，便消失在浪涛里。

白路平去找父亲。父亲说你个小子懂啥，生老病死是谁也没有办法的事，你就好好在家待着，别出去和那些兔崽子们给我惹是生非，小心我打断你的腿。趁父亲不注意，白路平摔门而出。

在我们一群小伙伴中，白路平年龄最大，阿秋最小，我们都是很要好的朋友。从小一起玩耍，一起长大。阿秋性格倔强而开朗，没进过学校门，有时候做事不计后果，用现在的话说是典型的女汉子，但毕竟她还年轻，没想到发生这样的事。我们几个小孩子也束手无策，只能干着急。突然，白路平建议我们一块儿去找吴先生。

吴先生说，阿秋是鬼上身了。村里的人对吴先生的话深信不疑。但我们想到这些，气不打一处来，觉得阿秋很可怜，都摔得不能下炕走路了，他们还阴阳怪气的。

什么鬼上身，都是骗人的，我们见过寨子里鬼上身后的人，一会儿笑一会儿哭，嘴里说一些别人听不懂的话，过几天就没事了。阿秋已经快半个月了，不哭也不笑，面若冰霜，阴得吓人。阿秋的病像一片阴云压在我们的心头，闷得喘不过气来，少了阿秋，大家都垂头丧气的。

白路平提议我们一起到村外去找大夫。刚走出巷子，就被白路平爹拦住。

不在家好好待着，又去丢人现眼。你不怕寨子里人笑话，我还怕呢。白路平爹训斥道，一帮没出窝的小兔崽子，要是再让我看到你们多事，非扒了你们的皮不可！

白路平爹像夹着一只羔羊，夹着白路平消失在巷道拐弯处。

3

阳光下的拉嘎山肃穆得像三爷庙里不食人间烟火的塑像，但白路平自打懂事开始，就与这座山有着深厚的渊源。不仅仅是白路平，生活在拉嘎山周围的人都依靠这座山生存，用外来户的话说，拉嘎山就是一座金山，一年四季都有取之不尽用之不竭的资源。

村里老人讲，外来户是兵荒马乱的年月逃荒逃到寨子的，大队里收留了他，寨子里的人们都叫他外来户，真实姓名是什么，谁也说不上。关于他的故事却有不少人知道。

外来户在寨子里落脚后，表现得很勤快，很快就和寨子里的人一起进山砍柴。第一次到拉嘎山的那天，他抱住那一棵棵笔直挺拔的松树激动地流泪，像抱住了自己失散多年的亲人。

外来户想娘想疯了！田招弟随口说。

外来户是想他婆娘了！田寡妇反驳道。

他还年轻，哪来的婆娘？你给生个？田招弟头也不抬地说。

寨子里的人不解他的意思，纷纷嘲笑。外来户初来乍到，也不和寨子里的人多说话，只是"嘿嘿，嘿嘿"地笑。

我们又去挖草药、砍烧柴，像一群蝴蝶，蹁跹在拉嘎山的每一块土地上。但今天的白路平静得像一块大石头，坐在拉嘎山刺禾湾发呆。

用外来户的话说，拉嘎山就是一座金山，我们是一群淘金者。我们在山上放羊放牛，采野菜。拉嘎山是个大菜园，长满了蕨菜、羊胡子、猪尾巴、狼肚菌、野洋根和各种蘑菇。拉嘎山有挖不完的山药、黄芪、参麻、党参、柴胡、甘草。运气好的时候，还能逮着野兔、野鸡之类的。每次我们逮着野兔、野鸡后，都归阿秋，让阿秋娘给阿秋熬汤或炖肉，这也是阿秋受伤后我们几个人的约定。阿秋虽然还没有恢复，很虚弱，但她性子直，从不拒绝我们的好意，总会毫不客气地示意娘收下我们的"礼物"。

随着时光的流逝，我们一天天长大懂事，一起进山的次数越来越少。有的去外地求学，有的在家务农，有的大门不出二门不迈。和别的村子一样，女孩子长大了就不让出远门，大都待在家里。即使要出门，也要征得父母的同意。

寨子里的老人们说女娃娃大了，要安分守己，在家里好好学做针线活儿和洗衣做饭，免得嫁出去丢娘家人的脸。各个村寨里娶不上媳妇的后生，眼睛贼溜溜的，像一群饿极了的狼，到处找食。当然，还有一种解释，就是定了娃娃亲的女孩子，要是被婆家人看到到处跑，会遭到嫌弃。

想到这些，我觉得好笑，又笑不出来。白路平说，他厌恶寨子里的这些规矩。是啊，这些规矩让我们越走越远，越来越陌生，似乎生活在两个世界，而寨子是一个冷冰冰的窑洞，又黑又深，像刺禾湾里的水钻洞，深不见底。尽管拉嘎山在我们的心里不食人间烟火，但都觉得拉嘎山比寨子更令人信赖。我们都喜欢上了拉嘎山，喜欢上了山里的一切，包括那一个个黑魆魆的窑洞。有时候太累了，我们就住在窑洞里，半夜里醒来望见洞口那抹淡淡的月光，静谧而温暖，像上天为我们洒下一缕希望的光芒。

那时候，拉嘎山唰唰的风声传来尕拉鸡的鸣叫，像一支绵长的歌谣，在洞口萦绕着，绵延不绝，我们在这歌谣里甜甜地睡去。

4

白路平尽管是寨子的人，却出生在拉嘎山。这是我在拉嘎山挖药时听邻村的人说的，他们将白路平的出生说得神乎其神——

十六年前，白卯得和刘春苗结婚快一年了，还没有个像样的房子，眼看就要生了，总不能让孩子生下来住草房或牛圈里。两口子商量了一夜后，决定开春在拉嘎山砍些木头，盖几间房子。洮河水解冻的时候，寨子里开始了春耕。白卯得不想让孩子生下来没白馍吃，就向寨子里家庭情况好点的人家借了二斗小麦种子。种完小麦、青稞、大豆、胡麻和油籽后，他们带了一些青稞炒面、洋芋和做饭的家什去拉嘎山刺禾湾选了一处洞口向阳的窑洞住了下来。这样可以安心选木料，还可以省去很多来回奔波的工夫，更重要的是还能照顾有身孕的婆娘，白卯得为自己的想法很满意，不禁笑出声来。

白卯得每天天刚亮，就开始进林选木料。需要多少根柱子和挂椽，需要多少根形条和大梁，需要多少捆蔓柴和蔓草，白卯得心里记得一清二楚。

刚开始砍的时候，白卯得没有找到门路，砍倒一棵树后，将多余的枝杈砍掉，然后绑上绳子往洞口拉。他几乎使出了吃奶的劲儿，但一天只能拉回一两根。眼看孩子要生了，盖房子的木料还差十万八千里呢，白卯得很懊恼。刘春苗看在眼里，疼在心里，但无能为力，在旁边默默地帮白卯得端水、擦汗。懊恼归懊恼，无论多么劳累，只要一看到婆娘一天天鼓起的肚子，白卯得就好像浑身有使不完的劲儿。

几天下来，看着洞口的木料还是那么少，他决定晚上也不歇息。天黑时，拌两碗酥油糌粑，狼吞虎咽之后，又去进林。两个晚上后，刘春苗不让他去了，说自己一个人住在窑洞里害怕，又怕他砍树时不小心被树砸伤，他听了婆娘的话，但晚上总是翻来覆去地睡不着。白卯得算了算，木料还差很多，便又开始懊恼起来：照这样下去，猴年马月才能备好木料啊！但他不能放弃，无论怎么辛苦他都要为即将出生的孩子盖几间新房子，这是他作为父亲给孩子来到世上的第一份礼物，也是一个父亲应尽的责任。

"老锅！老——锅——"

白卯得停了停，一听就是外来户的声音，他总是把"哥"叫成"锅"。外来户刚来的时候，每逢年龄大的都"锅锅、锅锅"地叫，人们都以为他缺做饭的锅，是向大家要锅呢，后来才知道他叫的"锅锅"就是"哥哥"的意思。慢慢的，人们给他起了个外号叫老锅，也有的叫他外来户。他也不生气，似乎很满意"老锅"这个名字，听着亲切，也不反对人们叫他外来户，他知道，对于寨子里的人来说，他的确是个外来户。

白卯得一回头，看到外来户正气喘吁吁地赶来，胡子拉碴的脸上，汗珠子在那道伤疤里一滴滴排着队斜流下来。

你也进林啊？白卯得递过一锅旱烟。

想寻根好木料做个炕桌。外来户接过旱烟，吧嗒吧嗒地抽了两口，又还给白卯得。

婆娘快生了，想给娃盖几间房子。不怕你笑话，我现在住的那间破屋子像个牛圈，不能让娃生下来也住牛圈。

听说你已经来拉嘎山好多天了，房木该够用了吧？

我不懂门道，每天就砍两三根。

我顺带帮你砍一天。外来户知道自己来寨子里时间不长，他尽量讨好寨子里的每一个人，无论男女老少。

他们边走边家长里短地谝着，呼哧呼哧的脚步声淹没在漫山遍野的绿色里。

外来户看到白卯得砍倒一棵树就往回拉，扑哧一声笑出声来，你真的是不懂门道啊。

外来户解掉绑在木头上的绳子，举起自己的板斧，边砍木头上的枝杈，边说，首先，你得选好这根是柱子还是大梁，柱子的长度和大梁的长度不一样，但粗细一样；如果是椽子或檩条，粗细不一样，长度也不一样。檩条粗而长，椽子细而短。但无论是哪一个，粗细长短是一样的，不能搞混淆了，这样就减少了背回去又得重新截长短和选粗细的功夫。

白卯得一下子觉得自己太没用了，只有恭敬地听外来户说话。

量好长短后，截掉多余的部分，但每根木头要多量出三十到五十厘米。外来户伸开两只胳膊，在木头上量着长度，嘴里嘀咕着"一米，两米，三米，一丈"。外来户截掉多余的部分，说，再在木头根部这一头凿一个眼，好拴绳子。然后，剥掉树皮。

咋还要剥皮呢？白卯得有点不解。

剥掉树皮后，木头就光滑，拉起来不费力啊！再说剥了皮的木头容易晾干啊，你总不能拿湿木头盖房子吧？

　　还有一个办法，比这更快，就是先选好柱子、大梁、椽子和形条里的一种，算好了数量一样一样砍。外来户接过旱烟坐在木头上抽了两口，抓起一把湿土放在烟锅上，弄灭了旱烟，还给白卯得。在林里尽量不要抽烟，地上全是松叶，弄不好会点着整个拉嘎山，到那时后悔都来不及。

　　白卯得开始拘谨起来，像个做错事的孩子，接受着家长的批评。

　　比如三间房需要十六根柱子，四根大梁，那么你就先选好大梁，半天就可以搞定大梁了，你砍好大梁剥了皮后先不要拉回去，在林子里放着。再接着砍柱子，等天黑回去的时候再拉回去一根就行。这样你就不必砍一根拉回去一根，太费劲了。等你砍够所有木料后，再开始拉最早砍的那些木头，你会发现那些木头比原来要轻多了，这样会省去你不少功夫。

　　白卯得似懂非懂地点着头，突然对外来户刮目相看。他不知道外来户以前是干什么的，但今天的确帮了他的大忙。白卯得觉得外来户就是他的一棵救命稻草。

　　天色暗了下来。远处的山顶上残留着的最后一丝余晖像极了烟锅里燃烧的旱烟。白卯得被自己的联想逗笑了，累了一天，看着满林子白花花的木头，他多么想歇下来抽一锅旱烟，但他又不敢抽，怕一不小心毁了他所有的希望。

　　眼看天要黑了，刘春苗在洞口生好火，烧开了水，还不见自己男人回来，心里不免紧张起来。她想着自己男人每天来回三四趟，也就是拉回来三四根木头，今天怎么到现在还没有回来呢？莫非是……不会的，不会的。她突然想起刘家沟的狗代，她出嫁那年狗代就是进林砍树，不小心被树枝绊倒，活活被树砸死了。她被自己的想法吓出了一身冷汗，趔趔趄趄跑到刺禾湾咀上，带着哭腔呼唤："卯得——"

　　寂静的拉嘎山，回荡着她凄婉的声音，她的心几乎要跳出嗓子眼了。喊了许久，才隐隐地传来了一声应答："哎——"

　　是的，这是卯得的声音，没有比这更令她熟悉的声音了，哪怕是极其微弱的。她喜极而泣，摸了摸眼角的泪水，返回洞口，向火堆里添了把柴火，火焰嗖的一下就燃了起来，灿烂的火苗映红她红彤彤的脸蛋。

今天多亏了老锅了。白卯得递给外来户一大碗酥油糌粑，再不用十天，木料就备齐了。

刘春苗拿过一个把缸，看到外来户脸上的疤有点害怕，战战兢兢地往里面倒满了开水，差点倒在外来户的手上。

外来户一边吃着糌粑一边说，人都不是万能的，摸到门道就容易了。

白卯得顾不上吃饭，滔滔不绝地说着今天砍树的经过，兴奋得像个拿了满分的孩子。外来户在旁边默默地吃着糌粑，偶尔瞄一眼刘春苗。自打外来户逃荒到寨子，这是他第一次近距离看刘春苗。

刘春苗笨拙得像个雪人，但模样俊俏，脸蛋红扑扑的，一双大眼睛扑闪扑闪地看着白卯得狼吞虎咽的样子。火堆里的火苗呼呼地往上蹿，照亮了她破旧衣衫没有遮严实的大肚子，里面的娃儿像等不及要蹦出来似的。

有啥说不完的，往后慢慢儿说，日子还长着呢。刘春苗听着外来户和白卯得有一搭没一搭聊着，直到眼皮子打架。

白卯得答应着，和外来户起身，拍拍屁股上的土，向洞里走去。但洞里只有一张席子，一条被子，三个人怎么睡呢，何况婆娘还大着肚子，不能挤，白卯得开始犯愁起来。

你两睡，我到隔壁窑洞将就一晚就成。外来户看到洞里突然停住脚步。

隔壁窑洞里没有席子，太潮湿，怎么睡啊？白卯得觉得过意不去，硬拽住外来户要在一个窑洞里睡。

外来户拗不过白卯得，只好答应。他早已经习惯了寄人篱下的生活，别说三个人睡一块，男女老少十几个挤一个大炕的也经历过不少。

白卯得从洞口抱来一大抱点火的干草，熟练地铺在席子边。刘春苗尽管感激外来户帮了自己家的忙，但觉得三个人挤一个洞，挺别扭的。

春天的窑洞里阴冷，潮湿，到处是窜来窜去的虫子。白卯得睡在中间，白天的劳累使他一睡下就鼾声如雷。刘春苗和外来户睡在白卯得左右，不知是陌生人的介入还是白卯得的鼾声，这一夜，他们俩都没有睡好，翻来覆去难以入眠。

刘春苗偶尔推一把自己男人，鼾声瞬间止息，只听见洞口的风呼呼地吹。刘春苗刚要睡着，白卯得又开始打呼噜。就这样，刘春苗半睡半醒地熬过了一个漫长的夜晚。外来户也没有睡好，其间，他起过一次夜。洞外淡淡的月光下，拉嘎山的夜色朦胧而迷人，他将一泡尿洒向夜色下的剌禾湾，之后，继续回到洞里，回到鼾声里，迷迷糊糊地睡去。

5

盖房子的木料已经备齐了，只剩下蔓草了。白卯得望着阳光下白花花的木材，脸上洋溢着幸福的笑容。割蔓草的时候，寨子里的女人三三两两来帮，你一捆，我一捆，不到一天工夫就割齐了蔓草。

俗话说：三个光棍儿不说好，三个叫驴不吃草。她们在洞口一边摊开蔓草，一边口无遮拦地谝闲传。白卯得在旁边听得不好意思，笑着走开了，他要去采点野菜给媳妇补补身子。热辣辣的太阳晒得蔓草呲呲地响，像女人的笑声回荡在剌禾湾，久久不息。

突然，刘春苗捂住肚子疼得直叫，脸上的汗珠直往下掉。

大妹子，谁让你跟着我们浪笑呢？田寡妇摊开一捆蔓草。

嫂子，这下笑疼了吧？大家七嘴八舌地都拿刘春苗打趣。

不对，大妹子是要生了。不知是谁说了声，空气一下子凝住了。赶紧的，大家来一起抬洞里去，快点！英子，赶紧去叫你哥！

英子迅速转过洞口，向剌禾湾咀背后跑去。

白卯得边走边想，一不小心踩在了一堆牛粪上，摔了个狗吃屎，疼得咧嘴想笑又笑不出，想哭又哭不得。不过，还好是上坡路，要是下坡摔一跤，不知道会滚到哪儿去。白卯得庆幸自己无大碍，索性坐在地上，顺手抓起路边一把青草擦鞋和裤腿上的牛粪，然后拿到鼻子前闻，有点臭，但他已经习惯了牛粪的味道。要是今年的庄稼也像这野草疯长多好，我的娃儿就可以吃上白面馍馍了。白卯得憧憬着，舍不得扔掉手中的青草，紧紧地攥在手里，像攥着一家人的口粮。

英子上气不接下气地跑到白卯得身边。

跑啥？坐下。你闻闻这青草，多香啊！白卯得越闻越开心，似乎闻到了白面馍馍出锅时那诱人的香味。

嫂子，她好像要生了！英子还没有缓过气。

白卯得嗖的一下爬起来，又一次不小心踩到了牛粪上，滚了好几米。他顾不得身上的牛粪和土，也顾不得疼痛，迅速消失在刺禾湾咀。

时间像一只蜗牛，缓慢爬行。刘春苗撕心裂肺的声音揪着每个人的心。随着孩子"哇"的一声哭声从窑洞里传出，整个拉嘎山的尕拉鸡都像着了魔似的，跟着呱呱地叫，漫山遍野的叫声让拉嘎山采药、砍柴的人惊奇不已。

白卯得还没有看到孩子，就被一群女人堵在洞口，你一把，我一把，往白卯得脸上抹灰和木炭，这是寨子里人冲喜的方式之一。白卯得既不挣扎，也不叫喊，只是开心地笑，激动得眼泪直往下掉，黝黑的脸上被泪水冲出两道深深的泪痕。脸上抹够了灰，大家才簇拥着白卯得进洞。

婴儿睡着了，白卯得轻轻地揭开皮袄领子，露出稚嫩像花儿一样的小脸，看得他一股股暖流在心里涌动。

刘春苗躺在席子上，盖着破旧的被子，虚弱发黄的脸上挤出一丝笑意。

他娘，别说话，这是老天爷保佑着我们白家有后啊！白卯得开心地流着泪。

他爹，快给孩子起个名儿吧。

大家一起又围着白卯得到洞外，坐在蔓草上商量起名字的事儿。

就叫尕拉鸡吧，你听尕拉鸡都在叫呢。田招弟听着不远处尕拉鸡的叫声，随口说道。

多难听啊，还不如叫野鸡得了。田寡妇又开始和田招弟掐上了。

你才是野鸡呢！

野鸡怎么啦？哪个男人不喜欢野鸡啊。除了你家那口子，蔫不拉唧的。

蔫不拉唧就蔫不拉唧，不用藏着掖着，总比偷野食吃光明正大吧？头上插烟锅，缺德带冒烟。

我啥时候偷野食了，狗嘴里吐不出象牙。

我狗嘴里吐不出象牙没啥，你别猪鼻子里插葱——装象了，谁不知道你鞋底子漏气啊？

别吵了！您看看您俩，掐的声音比尕拉鸡叫的还大呢。英子从洞里跑出来，生气地吼道。

她们俩都姓田，都是从刺儿滩嫁到寨子的，不是姐妹胜似姐妹，不是仇人胜似仇人。田寡妇比田招弟大两岁，十八岁那年嫁到寨子后，每次回娘家都会给田招弟说寨子在平川里，说庄稼地都很平，不像刺儿滩都是陡坡"滚死蛤蛤绊死雀儿"。说得田招弟心里热乎乎的。第二年，田招弟不顾家人的反对，嫁给了阿秋的三叔，也就是张飞翔的三弟张老三。张老三体弱多病，里里外外的农活儿都落到了田招弟的头上，她便开始责怪田寡妇欺骗了自己，经常一碰面就掐仗。

五年后的一个凌晨，田寡妇的男人去拉嘎山烧炭，路过石门峡陡峭路段时不小心跌倒，掉进了洮河，从此杳无音信。田寡妇悲痛欲绝，田招弟有点幸灾乐祸，田寡妇从此与她积下怨恨。从那时起，她没改嫁，成了名副其实的寡妇，大家渐渐地开始叫她田寡妇。起初，一叫田寡妇，她就顺手捡起地上的石头、土块或木棍追着打骂，时间一长，田寡妇不再计较，只不许田招弟叫她田寡妇。但田招弟就是不买她的账，一碰面就叫，一叫就互掐，两姐妹像一对冤家，一掐就是很多年。

听到娃儿的哭声从洞里传出来，她俩燃起的怒火，像被一泡尿给浇灭了，瞬间悄无声息。

按说应该娃他爷给孩子起名儿，但他殁得早，这可咋整呢？白卯得从来没想过给娃儿起个啥名字，此前一直在心里叫娃儿，真要起个名儿，他却怎么也想不出，就叫娃儿吧！

哪个娃儿不是娃儿啊，你起的那是啥名儿啊？没文化，真可怕。

大家七嘴八舌道。

哥，你去问问吴先生，他有文化，村里生娃了名字都是他起的。英子说。

大家觉得英子说得有道理，催着白卯得赶紧去找吴先生，刘春苗和娃儿大家照顾。白卯得这才想起，吴先生是寨子里文化程度最高的人，听说曾经进过洮阳学府。虽然在寨子里吴家排名靠后，但却很受寨子及周边村落人的欢迎，要是谁家婚丧嫁娶，都会请吴先生出谋划策、写对联、祭文之类的。

说风是雨，白卯得一溜小跑消失在刺禾湾，消失在石门峡。石门峡像两扇门，是拉嘎山通往寨子唯一的通道。汹涌的洮河水穿峡而过，像一头不知疲惫的雄狮在吼叫着。白卯得记得，寨子里有十几个人在石门峡送了命，至今连根骨头都没有找到，想到这里，白卯得突然觉得浑身都起鸡皮疙瘩。但他不能害怕，一想起娃儿就觉得所有的恐惧都是自己在吓唬自己。白卯得藏在一块大石头背后挡住风，点着一锅旱烟，吧嗒吧嗒地抽了两口，继续赶路。

赶到寨子时，天已经黑了。寨子里静悄悄的，偶尔有一两声狗叫声传来。

吴先生家在寨子中间一条巷子里面，说是巷子，其实就是两道高高的篱笆墙，也叫篱笆巷，巷子尽头就是吴先生家。刚到门口，一条黑狗猛扑上来，吓得白卯得撒腿就跑。跑到巷子口，又发现那条狗没追上来，他便从篱笆墙上硬拔出一根棍子，大着胆子往门口走去。那条狗依旧龇牙咧嘴地冲着他凶咬狂吠。

谁呀？屋里传来一个略显苍老的声音。

是我。叔！卯得。一听是先生的声音，白卯得喜出望外。

天黑了，不回去睡觉跑啥呢？吴先生叮咣一声取下门闩，吱扭打开半扇大门，探出个脑袋。

叔！求您老个事儿！白卯得满脸堆满笑容。但吴先生根本看不清他的笑。您先让我进去，屋里跟您说。

你这是咋啦，钻炕眼了吗？吴先生披着一件灰黑羊皮袄，提着马灯，凑近一看，吓了一跳。

啥事儿这么心急火燎的？吴先生提着马灯领着白卯得来到上房。我婆娘生了，想求您给娃儿起个名字。

这事儿啊。吴先生挑了挑马灯芯子，屋子里一下子亮了许多。

宽大的炕上铺着牛毛毡，两床被子整齐地叠在炕里头。一张油亮的炕桌摆在中间，上面是马灯和一本厚厚的发黄的书和一根长长的铜烟锅。

娃出生的时候有没有啥征兆？突然，他的大拇指停在中指上，一动不动，用左手若有所思地捋了捋满脸皱纹下的那把山羊胡子。

尕拉鸡都在叫。白卯得看得心里一阵阵紧张。

尕拉鸡？吴先生放下手，盯着白卯得，寨子里哪来的尕拉鸡？这是不祥之兆啊！

不是寨子里，是在拉嘎山刺禾湾的窑洞里生的。白卯得小心翼翼地说。

这怎么了得？那里到处是孤魂野鬼，不知道是哪个转世的，得作法求菩萨保佑！吴先生一脸严肃的表情，尕拉鸡叫，是要拿鸡给菩萨敬献，才能保佑你娃儿一生平安！

白卯得一听，吓得大气都不敢出，浑身发怵。

白卯得摸着夜色，回到自己家。家里空荡荡的，一无所有，能用的东西都带到拉嘎山去了。白卯得坐在炕沿上，点着一锅旱烟，一明一灭地抽着，风穿过墙缝呼呼地直往里钻。家里那两只鸡早就睡着了，留着它们在自家院子里刨食，去拉嘎山的时候没有带上它们，怕被黄鼠狼叼走。他想好了，公鸡留着给婆娘生娃后补身子，老母鸡留着下蛋，给娃儿做荷包蛋。

白卯得一把抓住公鸡的两只爪子，倒提着出了门。鸡拍打着两只翅膀撕心裂肺地叫，母鸡也跟着叫。顿时，寨子里的狗叫声此起彼伏，天上的星星一闪一闪的，也像跟着在叫。洮河岸边的寨子淹没在叫声里，白卯得淹没在夜色里。

吴先生给孩子起名路平，说是有两个意思，一个是在外面生的，名字里应该有"路"字，是命里带来的，不能违背；另一个是菩萨赐的"平"字，保佑娃儿一生平安。痛失一只公鸡，白卯得心里不悦，但他对吴先生给娃儿起的这个名字倒是非常满意，激动地向大家一五一十地复述着吴先生的话。

还是人家吴先生有文化。英子炫耀道。

这娃儿命大，刚从娘肚子里出来就见到这么多婆娘，长大了一定招不少婆娘喜欢。田寡妇的话匣子又打开了，逗得大家哈哈大笑。

这你都能看得出来啊？肯定招人喜欢，只是你赶不上了哦！田招弟不冷不热地附和着。

叫路平！别娃儿娃儿的叫了。白卵得打断她俩的话，极力地推荐娃儿的名字，自豪地说。

记住了。瞧你那牛劲儿。田寡妇盯着白卵得灰头土脸的模样，笑道，赶紧先把你那一脸灰洗掉去，免得你儿子大了改叫黑路平！

白卵得这才想起自己的脸，起身到洞外洗脸。

凌晨的拉嘎山静谧得像梦一样，远远望去，穿过石门峡的洮水若隐若现。洮河在夜风的轻拂里，隐隐传来波涛的声音，犹如白路平均匀而恬静的呼吸，涤荡去白卵得所有的疲惫和劳累，只剩下幸福的泪水在眼眶里打转。

6

装满一背篼柴火后，我们没有急着离开刺禾湾。白路平带着我向不远处的一个窑洞走去。

洞里什么也没有，地上有一堆枯草和柴火，几块平整的石头上落满了灰尘。他抓起一把枯草，扫掉石块上的灰尘，我们坐在以前经常坐的那块石头上，一股冰凉瞬间从屁股底下渗入全身。白路平又站起来，拍了拍屁股，沿着洞壁找寻着什么。洞壁上有密密麻麻的字迹，都是我们以前留下的。路平看完整个洞壁，没有发现新的字迹。有些沮丧，随即捡起一根木棍，选择了一块洞壁，吹了吹壁上的灰尘，写道——

"八十见。白"

　　这是我们与其他村伙伴们的联系方式，这里的"八十"即八月初十；"白"即白路平的姓。其他村里和我们熟悉的伙伴只要一见到这几个字就明白是什么意思了。那时候，不像现在这么方便，一个信息或电话就能联系到对方了。拉嘎山周边村里的人说好下次一起进山的具体日子，有时候会因为其他事情脱不开身，错过相约的日子，后来就选择用这种方式相约，而且写在洞壁上的字不会轻易被雨水冲掉，可以保留很长时间。

　　我看了看字迹不够清晰，让他又重新在字迹上画了一遍。字的痕迹深深地镶嵌在洞壁上，这是我们留给达瓦才让的。

　　阳光洒落下来，院子里一群调皮的小羊羔钻进墙角的阴凉里，一群苍蝇围着它们嗡嗡地叫。达瓦才让帮父母挑回一担水，刚打开门，那群小羊羔就呼啦围了过来，冲着他咩咩地叫。达瓦才让一边嘘嘘地驱赶着，快速进了灶房，提起木桶往水缸里倒，泉水"哗"的一声涌入水缸，溅起晶莹的水花。水花像阿秋的笑脸一样美丽，一样迷人，一样透明。达瓦才让想起了阿秋，黝黑的脸上泛出一层红云，但谁也没有看到这些。他舀了一瓢水咕咚咕咚地喝，一股清凉涌遍全身，像听到阿秋唱的花儿一样惬意。

　　跟进来的小羊羔舔舔着达瓦才让洒落在水缸边的水滴，继续咩咩地叫。他从水缸里又舀了几瓢水，倒进木桶，提着出了灶房。达瓦才让用手刨净羊巢里的枯草残渣，将半桶泉水倒进巢里，那群小羊羔一头扎进巢里，吮吸的声音和苍蝇的嗡嗡声，在阳光下的这个小院沉闷地回荡着。

　　达瓦湾到拉嘎山有十里，都是蜿蜒的山路。但对于生活在达瓦湾的人来说，闭着眼睛也能在路上行走。这条路是达瓦湾通往拉嘎山的唯一道路，村前就是洮河，他们视洮河为神河。

　　相传，东汉时，地方官吏曾强制洮河流域部分汉藏人民内迁。西晋末年，被吐谷浑占据，因"其地西控生番，北枕番族，南通叠部，东连新城，洮洮州之门户，华夷之枢纽"，为藏汉交通孔道，茶马互市之重要商埠，吐谷浑、吐蕃、党项等地方民族政权与中原政权长期争夺，致使年年战火不息，烽烟弥漫，无数人家家破人亡，流离失所。为逃避战乱，达瓦才让的祖先一家商议秘密造筏，准备逃难。明神宗万历元年战乱时，他们乘木筏顺洮河漂流而下逃难，在洮河上漂流近两个月后，选择了一处四面环山，与世隔绝的僻静之地扎寨居住，也就是现在的达瓦湾。

达瓦湾人去赶挖日沟集要翻越拉嘎山，穿越石门峡，经过我们寨子，来回需要一整天时间。对于达瓦才让来说，去挖日沟集是非常愉快的事，在挖日沟集可以见到他从来没有见到过的新鲜事儿，更重要的是能和阿秋见面，这是达瓦才让心中的秘密。奇怪的是，他已经一年多没有见到阿秋了。

达瓦才让骑着自己心爱的枣红马走在去往拉嘎山的路上，脑子里乱哄哄的，院子里那群苍蝇似乎钻进了自己的脑袋。这匹马是父亲在挖日沟集用两斗青稞换回来的，经过达瓦才让的细心照料和驯化，枣红马健康地成长，也很依赖达瓦才让。达瓦才让时常骑着他的枣红马，唱着爷爷教给他的牧歌——

> 要唱拉伊就唱拉伊，
> 唱拉伊先唱买马的事。
> 马的毛色华美固然好，
> 主要还看马的好品种。
> 翻山越岭快如飞，
> 驮子再重也要驮。
> 不然随便买匹马，
> 便给自己找麻烦。
>
> 要唱拉伊就唱拉伊，
> 唱拉伊先唱交友的事。
> 面容俊美固然好，
> 主要挑个好品德。

终生相处过日子，
人前更要讲贞洁。
不然随便找朋友，
常给自己添累赘。

后来，达瓦才让把这首歌教给了阿秋、白路平和我。他是在拉嘎山放牧的时候认识我们的。那时候，达瓦才让除了放牧，整天闲着没事儿，就帮我们采草药，捡牛粪。歇息的时候，阿秋唱花儿，我们跟着和——

刺禾湾尼洞对洞，
洞里烧下炭者呢；
红雀儿林里唧唧叫，
像蜜蜂缠挽花儿者呢。

红细柳，一丈权，
阳婆就像簸篮大；
大家走着一疙瘩，
马尾松下凉下吧。

阿秋的花儿一曲接着一曲，悠远而嘹亮，在拉嘎山回荡。达瓦才让被阿秋的花儿迷住了，跟着阿秋屁股后面，笑嘻嘻地说，阿秋，你再唱一个呗！

阿秋，你就给达瓦唱个呗！我们看着达瓦才让诚恳的模样，笑着说。

不唱，唱乏了。阿秋故意装作很累的样子，你帮我采满一背篼药，我就唱。

达瓦才让一听，殷勤地背起阿秋的背篼。阿秋跟在达瓦才让屁股后面，像只蹁跹在花丛中的蝴蝶，一会儿飞远了，一会儿又飞回来。

这下该唱一个了吧！达瓦才让采满一背篼草药了，自豪地放到阿秋跟前。

想得美！阿秋表面满不在乎，心里却早已经乐开了花儿，口渴，唱不了。

达瓦才让随即递过挂在胸前的水壶。

还是留给你喝吧，我这有呢。阿秋拿起放在身边的水壶，在达瓦才让面前晃了晃，达瓦，你唱个吧。你不是爱唱那个拉伊什么的吗？

拉伊就是到山上唱，是山歌！达瓦才让羞涩地低下头，随即又鼓起勇气唱道——

> 山谷深处的花朵啊，
> 你是不是心爱的金莲花？
> 你如果真的是金莲花，
> 我的心灵像蜜蜂一样，
> 围着你的身旁转三趟。
>
> 庄子中间的姑娘啊，
> 你是不是娴雅的情人？
> 你若是娴雅的情人，
> 我是有教养的男子汉，
> 要在你的身旁跑三遍。

金莲花是谁？阿秋追问。

达瓦才让不告诉阿秋。这次轮到阿秋又跟在他屁股后面央求了。达瓦才让心里美滋滋的，他很喜欢被阿秋缠着的感觉，像做梦一样幸福和快乐。

远在天边，近在眼前啊！达瓦才让看着阿秋无奈的样子，告诉她。

阿秋追着达瓦才让打，坡陡，一不小心摔倒在地。达瓦才让刚要去扶，被阿秋一把拽翻。

达瓦才让在家里时常禁不住笑出声来。达瓦阿妈觉得很奇怪，关切地问是不是生病了。达瓦才让只是笑，不说话。

莫不是鬼上身了？达瓦阿妈急坏了，追问之下，达瓦才让才告诉达瓦阿妈他喜欢阿秋的事。达瓦阿妈惊恐万分，你怎么能和汉人来往呢，还是汉人家姑娘。先人逃到这里就是为了躲避和外界的瓜葛，不能和狡猾的汉人来往，达瓦阿妈觉得这是丑事，不能声张。

桑杰（藏语，佛的意思）啊，这可怎么是好，这可怎么是好？达瓦阿妈几乎是飞出家门的。达瓦阿爸正在洮河岸边做一个羊皮筏子，这是他自己想出的办法，他要根据先人做排子（一种用木头拼在一起的小船）的样子做个筏子，这样就可以到洮河对岸去了。做了好多天了，还没有成功。达瓦阿爸一直没有放弃。听了干漠（老婆子）的话，达瓦阿爸没有说话，放下手中的皮绳，从河里捧起一口水咕咚咕咚咽了下去。

尕保（老头子），你倒是说说这可咋办呢？

放心吧干漠！我回去跟才让说。

达瓦阿爸只是表面反对儿子的行为，心里并不在意，儿子与汉人交往并没有什么坏处，他只是担心怕被汉人欺骗。他第一次去挖日沟集的时候就被汉人欺骗过。后来去得多了，和赶集的人都慢慢熟悉了，觉得汉人并不像阿爷一辈人说的那么可怕，只是刚开始语言交流上有障碍。后来阿爸开导他们后代开始接触汉语，目的只有一个，就是能够让达瓦家族在这里有一席立足之地。

达瓦才让告诉母亲说，其实，不管是寨子里的人，还是周围村子的人，我们都是喝一条河里的水，都依赖拉嘎山生存的，就像一家人一样。

达瓦阿妈说，信口雌黄，这还了得。达瓦才让说，这是阿秋悄悄告诉他的。达瓦阿妈说，这是背叛，是要遭报应的。达瓦阿妈惊慌失措，不知道如何是好，只有一遍又一遍地念经，转动着手中的锅拉。

达瓦才让说，爷爷曾经说我们达瓦家族是逃到这里的，这算不算是一种背叛啊？这一问，让达瓦阿妈和阿爸顿时被惊得哑口无言，无言以对。他们觉得才让的想法太令他们意外了，他怎么会对自己祖先如此糟蹋，怎么会有这么罪恶的思想。达瓦阿爸不反对儿子和汉人交往，但此刻他觉得一定得好好管住儿子，料不到哪天会闯出什么大祸来。

达瓦央金很喜欢和哥哥一起去拉嘎山玩，只是每次去哥哥都不带她。她为此一直想尽办法讨好哥哥。走出达瓦湾是她的一个梦想，但她没有告诉任何人，包括自己的哥哥和父母。每次要去挖日沟集的时候，达瓦阿爸只会带哥哥去，越是这样，达瓦央金越想出去。但她一个人又不敢出去，她害怕穿越石门峡，从她记事起，石门峡就在达瓦湾人的口里说得非常恐惧，过石门峡就像过奈何桥一样。随着年龄的增长，渐渐不相信他们的传说，因为每次达瓦阿爸和哥哥去挖日沟集都能顺利回来，说明并不可怕；另一点，他们回来总是带来奇奇怪怪的玩意儿，讲一些奇奇怪怪的事情，这更加引起了达瓦央金的好奇心。

达瓦才让来到熟悉的拉嘎山，打了个响亮的口哨，跳下马，径直往刺禾湾的窑洞走去。不时回头看看跟在身后的枣红马，像一匹火焰驹；山脚下蜿蜒的洮河泛着金色的光芒，在夕阳下汹涌澎湃。

补记

每个人的故事还在继续，像洮水般哗哗流淌。而我在这年秋天，去外地上学，和白路平、阿秋、达瓦才让、达瓦央金他们几乎很少见面，关于他们的故事也中断了。每次写信给家里，都会问一些有关他们的事。

父亲在回信中说，白路平去新疆种棉花、拾棉花，一年只回来一趟；达瓦才让由于母亲反对他和阿秋的婚事，一气之下当了兵，听说在内蒙古；不知道是不是阿秋落下残疾的原因，一直没有出嫁；达瓦央金考到了一所南方的大学；外来户，离开了寨子，不知去向。

尽管这些已经过去快三十年了，我时常会想起我们在一起的那段短暂而美好的时光。人生就是这样，分分合合，阴晴圆缺。我们像洮河畔的花儿，在各自的世界里花开花落，兴荣枯衰。

2008年，因引洮工程，寨子和周边的村子，还有熟悉的人都迁移到了千里之外的瓜州，这一别又是十年，或许是一生。

唯有儿时的记忆是永恒的。接下来的日子，我想把寨子和周边村子里的人、事、物一点点记录下来，让这些永远地留在故乡，留在洮河边，让他们像花儿一样盛开，永不凋谢。

2017 年 5 月

2018 年 9 月改

过　年

　　小时候，总盼望着过年。一到过年，就可以穿新衣服，吃糖果和瓜子，放鞭炮，啃腊肉骨头。年，在儿童的心里，像一个充满诱惑的袋子，装满了神秘和幸福。

　　从腊八开始，年的味道就渐渐浓了起来。在老家，每五天就有一个集市，到了腊月，赶集的人更多。有的专门去买卖年货，有的没事儿就去集上图个热闹。集市在洮河对岸一个叫挖日沟的地方，人们摩肩接踵地在短短的一条土街上拥来拥去，乐此不疲。我们像蜜蜂，穿梭在"花丛"中，卖年画、糖果瓜子、小人书、鞭炮的地摊是我们"采蜜"的地方。

　　我们围着地摊，将喜爱的东西拿起放下，放下又拿起，摊主便轰赶道："娃们，一边玩儿去，别乱摸。"我们"轰"的一声散去，趁摊主不注意，又"轰"的一声围到地摊周围。卖糖果瓜子的，一见到我们馋得直流口水的样儿，笑眯眯地问："这糖可好吃了，又脆又甜，吃一颗甜三天，娃们想不想吃？"我们不住地点头，这时，摊主就突然绷紧脸呵斥道："那还愣站着干吗呢？快去叫你大来买啊。"卖鞭炮的摊位是最好找的，摊主总会隔一会儿从事先备好的一串鞭炮上取下一两个试放，以此吸引人们，人们也以响声大小判断鞭炮的好坏。一听到鞭炮声，我们蜂拥而至，将摊位围得水泄不通。鞭炮的种类极少，也没钱买，却在摊主试放的那一瞬间，我们激动着，欢呼着。那些被炸碎的红纸屑在淡蓝色的烟雾中四散飞舞着，像童年的梦，绽放在我们幼小的心灵里。

夕阳西下，集市上人渐渐稀少，大部分伙伴随大人们回了家。只剩我们同村的几个孩子，依然蹲在小人书摊前，不肯离开。摊主是一个外地口音的老人，落满尘土的毡帽几乎遮住了黝黑瘦削的脸，双手抱着身子坐在小木凳上，一动不动，眼睛陷在皱纹里，似睡非睡。他和其他摊主不一样，不吆喝，也不驱赶我们。有时候他要收摊了，我们还沉浸在小人书里。这时候，他会干咳几声，表示要收摊了，并用嘴示意我们帮他收摊。我们几个便赶紧帮老人收拾小人书，一摞一摞码齐，装进竹筐，抬到一辆破旧的架子车上绑好。望着老人推着吱扭吱扭的架子车渐渐远去的背影，我们才想起回家。

到第二个集市日，我们又早早去他的地摊上看小人书。刚蹲到摊位前，老人用嘴示意我们到他身边。他从皱纹里张开一双吓人的眼睛，在我们每个人脸上扫视了两圈后说："借给你们五天了，还没看完吗？"老人的说话声略显沙哑、低沉，却将我们问得一头雾水。"那儿空着呢，放那儿吧！"在我们还没有反应过来时，小吴已经顺着老人用嘴示意的方向，将地摊上空着的一本小人书位置补齐了。

从那以后，老人每个集市日都会借给我们每人一本小人书。腊月二十七，是年前的最后一个集市日，下一个集市日要等到过完年才开始恢复正常。那天，老人和往常一样，守着书摊似睡非睡，直到所有人都散去后，老人才慢慢地从小木凳上站起来。"收摊吧！"我忽然觉得很奇怪，这次他没有用咳嗽示意收摊，而是直接说话，"过年了，每人挑两本儿吧！别太贪心哦。"

那年正月，我们将各自的小人书看完后，又互相换着看。全部看完了，就凑在一起，模仿小人书上的画，在地上画来画去。一天，小吴突然说："我们画小人书爷爷吧。等开集了，还书的时候夹到书里送给他。"我们被小吴突如其来的想法惊住了，随即回家找白纸和铅笔，聚到麦场边开始画小人书爷爷。

开集了，我们几个一起去还书。集市上人非常少，许多摆地摊的位置空着，老人的书摊也一样，几乎整条土街都空荡荡的。我们并不感到奇怪，每年过完年开集的时候，都是如此冷冷清清。我们几个连续赶了好多次集，一直没有看到老人的书摊。小吴说："小人书爷爷腊月集的时候就来了，到时候我们再去还书吧！"就这样，还书的念头在心里持续了整整一年。

腊月一到，我们几个揣着小人书相约去赶集，老人的小人书摊位被卖年画的占了去，直到腊月最后一个集市结束，仍不见小人书爷爷的踪影。后来，连续几年的腊月集，小人书爷爷的影子始终没有出现过。我们向和小人书爷爷相同口音的人打听，他们都说不知道，有的说可能去世了。我们有些失落，恍惚中远处影影绰绰的大山像小人书爷爷，一动不动地守护着山脚下那一块块小人书般的田地。

过年没有小人书读的时候，我们就去滑冰，累了跑到四叔家的二层土楼上，看四叔写对联。四叔是村里唯一的老师，每逢过年找四叔写对联的人络绎不绝，他也成了名副其实的对联先生。四叔每天都将乡亲们带来的整张红纸折裁成宽窄均匀的一条条红纸，然后替父老乡亲们挥毫书写下新年的美好愿望。

我们几个小孩子一边听大人们讲各种稀奇古怪的故事，一边争着抢着磨墨、晒对联。一副副对联整齐地晾晒在院子里，像一片片朝霞映红了整个屋子。那时候，我们几个小孩子的脸，几乎每天都被墨水染成了"包黑子"。尤其到了印年画的时候，双手黑得像两只乌鸦。但我们并不在乎手和脸有多黑，而是像一群乌鸦在村里飞来飞去。飞到这家被赶出来，又飞到那家"哇哇"地歌唱。在我们幼小的心灵深处，乌鸦并不像大人们口中的"不祥之鸟"那么厌恶，只是觉得它本身的颜色决定了大人们的偏见，但我们谁也不敢在大人们面前说出来。

无论脸和手再怎么黑，到了除夕，都洗得白白净净。之后，便等待着放鞭炮、吃年夜饭、啃腊肉骨头。父亲总会在放鞭炮的时候，取下半串给我们兄弟三人。我们迅速地将鞭炮分成三份，装在各自的口袋里。一直到了正月要社火的时候，才从口袋里一个一个地掏出来，和伙伴们一起放。

记忆中，似乎除夕都在下雪，用大人们的话说是"瑞雪兆丰年"。除夕的雪，像被一缕缕蓝色的炊烟从天上摇落下来的花瓣，绽放在故乡的天空和大地，映着鲜红的对联和火红的灯笼，也映着一家人其乐融融的幸福笑脸。每到夜幕降临，鞭炮声、锣鼓声顿时将沉寂的村子点燃，踩高跷、扭秧歌、舞狮子、耍火棍、划旱船、载灯笼。大家不分男女老少，欢呼雀跃，尽情地释放着内心的喜悦，浓浓的年味萦绕着洮河畔这个贫瘠的村庄。

我们晚上看社火、走社火，白天转亲戚、拜年，这样的热情，一直到正月十五元宵节唱三天戏之后，才渐渐冷清下来。正月十七一过，年也就结束了，大人们开始准备春耕的事，我们尽管脱下了母亲一针一线亲手缝制的新衣服，却依旧沉浸在年的氛围里。每天聚在麦场上，学着大人们耍社火的样子，惟妙惟肖，如痴如醉。天黑了都不知道回家，直到一个个被家人从耳朵上揪到家里。

尽管生活窘迫，但那种过年的幸福和快乐，依然历历在目。转眼，又到了年末岁尾，一聊到过年的话题，大家都觉得过年无奈而纠结。尽管人们都不愁吃不愁穿，过年却索然无味了，似乎成了一种负担，却又难以拒绝，真是"有心留时时已去，无趣过年年又来"！

2018 年 2 月

移动的锅台

我的宿舍前是一栋两层寄宿生宿舍楼，楼上挤满了来自偏远小山村的学生。他们中间年龄大的十三四岁，年龄小的只有七岁。寄宿楼解决了学生的住宿问题，然而学校没有灶房和餐厅，二百多名寄宿生的饮食便成为一件难事。

但他们都拥有自己的锅台，那是一种怎样的锅台啊——是两个用旧了的铁脸盆组成的。一个装满土，另一个去掉盆底，并在旁边开个拳头般大小的洞，即灶门；然后将这个盆倒扣在装满土的脸盆上，再用铁丝将两个盆边缀到一起，一个锅台便做成了。做饭时，先将柴火放进锅台里，点着后端到有风的地方，并将灶门朝向逆风的方向，待风将火吹得旺起来时，又端回原地，搭上锅开始烧水、做饭。

我小学毕业后去三十里外的磨沟上初中。那时，几乎所有外地到此求学的孩子都用柴火做饭，在租住的屋外的空地处支起三石，生上火，架上一顶锅，就开始做饭。无论天气阴晴，无论严寒酷暑，都不曾中断和放弃。常做的饭大都是炒洋芋、拌拌汤，好一点的饭就是寡淡的洋芋面片，最奢侈的是蒸米饭，一年也吃不上几顿。

做饭对于我们而言并不难，难的是每个星期天要背着柴火和一周的生活用品步行三十多里路。比这更难的是在高中读书的那几年，高中在新城，要步行六十多里路。现在回想那些年走过的路，吃过的苦，经过的风霜雨雪，都是值得的。

初中二年级的时候，父亲给我和哥哥买了煤油炉，一下子解决了烟熏火燎的日子。煤油炉做饭很方便，一点就着。但时间一长，我们满身都是煤油的味道，就连呼出的气息也掺杂着浓浓的煤油气味。这样的生活一直持续到高中毕业。

后来，渐渐买不到煤油了，去异地求学的孩子们发明了铁盆锅台。在这贫困而艰苦的地方，我为他们能够发明这样的锅台而由衷赞叹，它体现了农村孩子的勤劳和智慧。宿舍前的空地上摆满了大大小小被烟熏黑的锅台，我习惯叫它们"移动的锅台"，每次说出这几个字时，心中便有种难言的酸楚，挥之不去。

每到做饭时间，院子里烟雾缭绕，人声鼎沸，有的添柴火，有的烧水，有的炒土豆，有的揪面片，像某个热闹的夜市。他们一边做饭一边又说又笑，年龄大一些的同学帮小同学做饭，一派和谐的田园景象。他们并没有因做饭问题而烦恼、发愁，他们对做饭充满兴致。作为来自农家的孩子，他们似乎早已习惯并乐意做饭，这些对他们来说似乎是天经地义的事。

但我还是注意到了他们的无奈，遇到雨天，露天没有办法做饭，只有啃从家里带来的硬馒头或锅巴。尤其到了冬天，雪花飘舞，他们的头上和身上落了一层雪，一个个像雪人似的，但他们依然在露天做饭。雪花不断地落到锅里，嗞嗞作响，像落在我心中，有一种隐隐的冰凉的痛。做完饭，他们围着锅台烤鞋和脚，还有冻得红肿的一双双小手。冬天，对于孩子们来说是那么漫长，又是那么美好。

春天终于来了，校园里的柳絮像睡醒的孩子，将欢乐撒向天空，一缕缕春风犹如清脆的儿歌涤荡着每一个人的心扉。就在这个春天，学校终于建成了一座占地一百六十多平方米的餐厅，尽管不能完全容纳二百多寄宿生同时就餐，却让孩子们告别了黑黝黝的"移动的锅台"，告别了雨天啃馒头的无奈，也告别了漫长的冬季和凌厉的寒风。餐厅前的空地上铺着平整的方砖，每天就餐后孩子们在这里打乒乓球、羽毛球、跳绳。他们终于拥有了属于自己支配的时间，我再次目睹着他们天真活泼的一面。

在新时代的春风里，教育均衡发展的政策落实，使得这个偏远山区的校园发生了翻天覆地的变化，从校舍建设到校园硬化，从师资力量贫乏到教师整体水平的提高，从学生家长担负沉重的上学费用到全部免除学杂费、书费，从仅仅局限于单一的课本教学到电教化设施的全面应用，这是党温暖的关怀，也是新中国成立以来山区孩子的福祉。

　　校园的空地上，到处泛出淡淡的绿色，显得生机勃勃。我不禁想起当代著名诗人臧克家为纪念鲁迅逝世十三周年而写的《有的人》里的两句诗——

　　　　只要春风吹到的地方，
　　　　到处是青青的野草。

2008 年 8 月初稿

2018 年 12 月改

庙　会

在我的家乡，庙会是一年里最美好的日子了。从过完年开始，人们开始赶庙会。几乎每个月都有庙会。除了传统节日除夕、春节、元宵节、端午节、中秋节外，其他的日子里也有许多庙会，比如二月二扁都庵、四月八眼藏、端午节龙神赛会、五月十五观园、六月六王旗洞、七月十二占旗山……不胜枚举。

就石门来说，最大的庙会是七月十二占旗山庙会。据经卷记载，这个庙会始于汉武帝元狩二年，人们为怀念佑国佑民的平天仙姑而建庙，名曰"仙姑庙"，寄托人们对平天仙姑的敬仰和感激之情。光绪末年，因当时政局动乱，仙姑庙一度遭到破坏和毁灭，许多珍贵资料流失。一直到 80 年代末期，在政府及社会各界的大力支持下，仙姑庙才得以恢复重建，并于每年农历七月十二日至十五日举办庆典盛会，即现在的七月十二占旗山庙会，它带动了当地的经济、文化等方面的发展。

小时候，我们特别盼庙会，可以穿新衣服，父母亲也会给一些盘缠，尽管很少，只有几毛钱到几块钱不等，但很满足。庙会上有秦腔演出、马戏团、花儿对唱、录像厅、吃穿用度的小地摊。

最吸引我们的就是马戏团的表演和录像。那时，看一场马戏团表演收一块钱，看一场录像收五毛钱。我们省下买糖果瓜子的钱，看马戏表演和录像，看完一场又想看第二场，但我们的盘缠极其有限，没钱交了就被赶出来。那时的录像厅很简陋，实际上就是临时租用村民家里的草房或柴房，有的在帐篷里，但大家不在乎，每场录像播放时都挤得满满的。里面摆设也很简单，一台黑白电视机、一台录像机、一个大喇叭，空地上放着一排排陈旧的长条木凳子。

每次庙会结束了，我们的快乐却刚刚开始，大家沉浸在其中，模仿着戏台上、马戏团、录像里的人物，经常玩得忘了回家。这样的日子要持续很久，直到现在，有些画面依然历历在目。几年后，马戏团变成了杂技团，录像厅变成了舞厅。再后来，马戏团和杂技团都从我们的视野里消失了，舞厅也消失了，取而代之的是歌舞团和游戏厅，但这些都随着时代的发展渐渐消失了，唯一没有消失的是大家对庙会一如既往的情怀。

由于到外地求学和工作的缘故，我很久没有逛过庙会了，这次碰巧赶上七月十二庙会，无论如何也要去看看，算是满足多年来对庙会的那份渴盼之心吧。加上秋高气爽的天气，更为赶庙会平添了几分好心情。于是，约同事一同乘车前往。

庙会上人真不少，男女老少，有乘车的，有骑摩托车的，有步行的。一度清静的村道，一下子热闹非凡。远远望去，村道像一条人的河流，那么多花花绿绿的浪花闪烁着耀眼的光芒。平时一两分钟就可以从村这头走到村那头，此时却摩肩接踵，需要花半个多小时才能走到尽头。山上和路边河道的树荫下也坐满了人，可谓人山人海。

仙姑庙作为当地文化的象征，来自各地的人都不约而同地要去参观。仙姑庙坐落在半山上，参观的人络绎不绝，弯弯曲曲的山路上，大家互相打着招呼，说说笑笑，攀援而上。仙姑庙的建筑宏伟、壮观，周围绿树掩映，鸟儿啁啾，一派人与自然、古建筑与现代文明的和谐图景。

仙姑庙正对的山脚下，是一座戏台，台上正在表演着传统的秦腔剧目，演员们粗犷豪放的声音传遍了每一个角落。戏院里坐满了戏迷，我们花了好长时间才挤到台前。戏台两边的大红圆柱上贴着一副对联："你去演古人提醒今人，我来唱虚事指点实事"，台上的演员们演得栩栩如生，台下观众看得如痴如醉。从戏迷们目不转睛的眼神里，我看到了乡下农牧民群众对精神文化生活的渴盼，那么急切而真实。

庙会上，除了参观仙姑庙、看戏之外，也有商贸活动。来自各地的商贩汇成一个庞大的交易市场，服装店、家用电器、水果、蔬菜、日用百货，各种物资应有尽有，人们拥挤在店铺前，抢购着自己需要的物品。物资交流活动极大地满足了乡下劳动人民的物资需求，也繁荣了当地的经济发展。各种小吃和饭馆里坐满了人，有的饭馆门前排起了长长的队伍。我想，他们是吃惯了自家的饭，想尝尝这些来自不同地方的风味，他们吃完了还要多买几份带回家。

尽管是秋天，天气依然很热，人们一群群到树荫下乘凉，不约而同地唱起了洮州花儿，一曲曲花儿此起彼伏，那么动听，那么热闹。人们正是用洮州花儿这一独特的艺术形式，倾诉着对爱的渴望，表达着对美好生活的赞美和向往之情。

这样热闹祥和的气氛要持续三天，在这三天里，人们尽情而忘我地逛着，乐此不疲，享受着一年一度的庙会所带来的快乐，而庙会也为我们展示着一幅乡村和谐的人文图景。从过去人们对古人的怀念和敬仰，到对未来美好生活的期待和憧憬；从传统的宗教文化活动到汲取古人佑国佑民、勤劳质朴、自强不息的精神，庙会正在用自己独特的方式改变着人们的思想和生活。同时，当地的人们也借庙会之际，卸下一年来沉重的劳动负担，尽情地娱乐，尽情地享受着精神文化大餐。

庙会结束之后，当地的农民们又投入到忙碌的农活儿中，茶余饭后仍不忘给大家侃侃自己在庙会上的所见所闻。从他们自豪的言辞间可以看出，庙会给他们带来的收获是巨大的，那种喜悦是现代文明无法替代的。

多年过去了，庙会的余韵依然回荡在我的耳畔，那么真切，那么令人神往！

2010 年 8 月

羔羊的路

1

　　滴水成冰的天气里，街市空荡，偶尔出现的行人，双臂裹着衣袖，行色匆忙。我很少上街，但生活中很多细小的事情不断冒出来，不得不解决。已经厌倦透了目前的生活，心情糟杂的时候，感觉这个世界格外的拥挤慌乱，街道坑坑洼洼的，暴露出来的下水道臭气熏天，很长一段时间，自己像是放在冰箱里的鱼，大海早已消失了。

　　但经过西门十字时，我还是不经意地抬头向出租车窗户外瞥了一眼：卖牛羊肉的店铺门敞开着，剥了皮的羊体倒挂着，滴下一摊血污，店主抱着膀子漫不经心立在门口。只一眼我就看得清楚分明，有些恶心，想吐，那鲜红的血液似乎正在一滴一滴地砸向自己的心里。

　　80 年代中期，生活在洮州这片古老土地上的人们，还在忍冻挨饿。大山深处的洮河岸边，我和伙伴整天挖野菜吃，度过了一个又一个饥肠辘辘的年月。漫山遍野的野菜从开春就开始挖，一直到秋后，几乎被挖光了，除了长在山势陡峭处的那些野菜，但也在寒风中枯萎了。

　　没有野菜挖的日子，我们除了放牛，就是整天跟在牛屁股后面捡粪，为过冬取暖储备着柴火、牛粪。大家你争我抢地跟在牛屁股后面，吓得牛一看见我们就逃跑，像看见了敌人似的，我们也是穷追不舍，现在想想都能在梦中笑醒。捡不到牛粪的时候，一群孩子就待在一起玩耍。不知道是谁说了句"你们想不想吃肉",大家一时间兴奋坏了。几个大一点的孩子聚在一旁悄悄说着什么,不时朝四周警惕地看看,又继续比画着。等他们散开,其他孩子便跟在他们屁股后面,生怕一不小心吃不上"肉",连捡粪也忘记了,一直跟到夕阳躲进大坪梁后面,才悻悻然各自回家。

天刚蒙蒙亮,我起床,赶着牛向大坪梁出发。冬日的早晨,风不大,却刺骨的冷。东边的山顶上,一抹淡淡的朝霞隐隐约约,像火苗,似乎一不留神就会轰的一声燃烧起来。每天早晨醒来第一件事,就是透过窗户纸的破洞和缝隙看看东山顶上是否有朝霞,只要有,哪怕很淡,我都会一骨碌爬起来。这也养成了我多年来早起的习惯。朝霞的色彩和蓝天的蓝、白云的白、青草的绿一样,迷人,梦幻,点亮了我幼小的心灵和所有的遐想。

等我赶到时,其他伙伴的牛羊早已在大坪梁上了。望着山坳里升起的一缕青烟跑过去,伙伴们正在捡柴火,旁边三块石头支起的锅里冒着的热气将锅盖顶得哗哗直响。一只羔羊被几个大一点的伙伴摁在地上,撕心裂肺地号叫着。我惊呆了,不敢靠近。虎蛋大声呵斥,还不赶紧帮着捡柴去。我的手瑟瑟发抖,刚捡到的柴又掉到了地上。

我偷偷地回头看那只可怜的羔羊,在绝望中挣扎着、号叫着,声音越来越小,冒着热气的鲜血从羊脖子、鼻孔和嘴里喷涌而出,染红了地上的枯草和碎石。不一会儿,沾满血液的几双小手将羔羊已经撕得粉碎,我似乎听见了鲜血渗入泥土时滋滋的声响和骨头断裂的声音。跳出东山顶的朝阳染红了大坪梁,我觉得那不是朝霞,而是羔羊的血液,以至于多年后,当我看到朝霞时,依然心有余悸。

我不知道那天早上是怎么度过的,只清楚地记得虎蛋从黝黑的锅里捞出一小块儿热气腾腾的肉扔给我时,恐惧感像生刺的杂草,扎得我多年来一直隐隐地疼痛。

2

进入暑假的一天,急促的铃声吵醒了午睡的我。电话是单位同事打来的，通知了两件事，一是交入党转正申请书等一系列资料，二是办完入党事宜后，去教育局一趟，至于什么事，并没有在电话里说明，只是强调要我尽快赶到学校。

第二天清晨，我去赶班车。在这条路上奔波了近十年，望着车窗外向后跑动的山川，突然感到十年是漫长的，人生能有几个十年呢？但又是短暂的，蓦然回首，十年竟只是弹指一挥间。每一座山都像身边的亲人，抵不住岁月的摧残，最终离自己而去。

赶到学校已经是下午四点多了。校园里种的花儿开得正艳，到处弥漫着芬芳，蜜蜂和蝴蝶在花丛间穿梭着、飞舞着，像孩子们快乐地吮吸着知识的营养。阳光透过树叶缝隙洒下零星的光斑，热闹的校园一下子显得静谧了。

当我准备完所有资料已是深夜，窗外的大山在月光下影影绰绰。附近的老师各自回了家，整个校园像一只被掏空了的躯壳，我是这躯壳里唯一的存在。尽管躯壳像巨大的孤独包围着自己，我还是喜欢这种自由自在的孤独、无拘无束的寂寞。每到这时，我就读书、看电影、听歌，没有选择，一篇一篇地读，一部一部地看，一首一首地听，往往都是通宵。所以，很多周末或节假日，若不回家，我的早晨都是从下午开始的。

但这一夜，我一改往日的习惯，没有读书，没有看电影，也没有听歌。白天被班车摇晃了六个多小时，身心早已疲惫不堪，刚躺到床上就进入了梦乡——

像是被巨大的海浪冲击着，一阵接一阵地眩晕；像是被风簇拥着，左右摇晃；像是在云端飘逸，所有的山川都在脚底下忽隐忽现。哗哗流淌的溪水，儿时的伙伴，漫山遍野的狼毒花，忽远忽近。一条陡峭狭窄的泥泞小路像一条绳子，我赶着一群羊在战战兢兢地爬行，落在羊群后面的羔羊，像被绳子紧紧勒住四蹄和身躯，瞬间滑下山坡，跌入万丈深渊。梦醒时，我惊出一身冷汗。但天未晓，梦中的情景一再浮现，似乎那绳子勒住的是我，面对光滑的山坡束手无策，只有任凭跌落的惯性将命运交给耳畔呼呼的风声。

3

　　中午的阳光斜射下来，有些刺眼，却感觉不到一丝暖意，一丝光亮。

　　刚参加工作时，我被分配在梁家坡小学教书，七年后调到中心小学当了五年毕业班的班主任。在对面山上俯瞰学校全貌，映入眼帘的首先是一面迎风飘扬的红旗，下面是五级台阶。每级台阶两边红红的瓦房便是教室和宿舍，掩映在葱郁的树木里，加上学生们的唱读，颇有禅意的感觉。五年来，在学校的台阶上上上下下走过无数次，闭着眼睛也能知道走到第几个台阶了。那天，却迈不开双腿，短短的五级台阶竟然比岁月还要漫长。

　　每天放学，我都会去送学生们回家。学生们的身影从视野里消失，只剩下空荡荡的街道了，我还不住地张望。

　　偶尔有一两头逃跑出来的猪，满街乱窜，猪的主人一边提着长长的木杆，一边大声骂着，你个死长毛，不在圈里卧着，到处乱毁，挨千刀的。骂的声音越大，猪跑得越快；猪跑得越快，骂的声音也随之越大，直到惹得街道两边鸡飞狗跳，才在众人的驱赶下，将猪赶回圈里。

　　每次看到这样的情景，就想把它们画下来，但我已经很多年没有画画了。小时候特别喜欢画画，没人教，每天放学后只能扫出一块空地，趴在地上专心致志地画自己想画的鸟儿、花儿、小人儿。

　　后来，每次村校办黑板报，我就早早地守候在老师身边。老师写完粉笔字后，都会留出一小块空白让我配插图。那时候，读不懂黑板报上的文章，配不来插图。每每此时，老师就给我讲文章的内容，我总能根据老师讲的，在黑板报空白处插入最符合的粉笔画。

　　那时起，总觉得未来的日子一定像黑板报一样，图文并茂。也梦想着做一件"伟大"的事情，那就是自己写文章，自己配插图，之后让更多的小伙伴都看到自己的作品。我相信，这样的作品一定是世界上最伟大的。然而，这只是一个梦。

　　我自小家庭贫寒，没有多余的钱买彩笔和纸张，就连吃饭都朝不保夕，但我一直不甘心，一直偷偷在地上画画。看着自己的"杰作"，总会学着老师的模样，背搭着手绕着地上的画边走边看，还不时地点点头，若有所思似的，偶尔也会摇摇头，不满意自己的画。想到这些，觉得小时候的梦很美好，像冬天的早晨门前小河边缀满姿态万千的冰图。但又觉得有些根本不是梦，而是异想天开。后来，我学着把每天看到的情景写进诗歌里，让诗歌带着它们飞向祖国的四面八方。

现在，我看不到街道上赶猪的热闹情景，也没有想将它们画下来或写成诗的心情。只等着有一辆车的到来，无论是摩托车、三轮车，还是班车，以便在天黑前赶到县城。我不时地看看表，多么希望时间走得慢一些，这样就有更多的时间去赶路。

当快走到魏家滩时，身后传来一阵警笛声，由远而近。还没等我回过神，警车早已风驰电掣般从我身边呼啸而过，卷起的灰尘像一股粗壮的浓烟，淹没了道路和我渺小的身躯。尽管警车早已不见了踪影，我仍然心有余悸。

上小学五年级的时候，有一次放学回家，看见邻村的一个叔叔被几个人摁在地上，戴上手铐，拴在一棵杏树下面。因为拴得高，他的个子又低，老是踮着脚，不一会儿手腕上流下血来。除了一群孩子，每个经过杏树下的人都对他冷嘲热讽几句——

"他大叔，在杏树下乘凉啊！"

后来，才知道带走他的是公安局的人，因为盗窃，在逃回来的路上被公安局的人跟踪了。全村的孩子都亲眼目睹了他被抓的全过程，吓得不敢出声。后来，要是哪个孩子不听话，大人们就会吓唬："你再不听话，公安局的人抓来呢。"从那时候起，只要我们一听到"公安局"三个字就浑身发毛，逃得远远的。

4

这条叫"新石"的土路是 1986 年修的，那时我上小学一年级。

每天早早起床，在门前的小河洗把脸，再跳过小河往前走二百米就是这条路。我和伙伴们互相喊着都到齐了，就兴高采烈地去上学。上学路经一个叫庄子院的小村，每个清晨，这条路和庄子院小村在我们童稚的声音里生机勃勃起来。

那时候，一年半载，看不到一辆车经过，只有架子车、牛车、驴车和马车。路上除了深深的两道辙痕外，就是牛羊和人的脚印。下雨天，我们将路上的雨水赶到辙痕里，辙痕就成了两条水渠。将叠好的小纸船放上去，每条船都有自己的名字。纸船在两条水渠里漂，我们就跟着跑。那么多小船在小水渠里排着队，载着欢乐的笑声和小小的梦想，浩浩荡荡向前驶去。

二十多年了，这条路至今还是土路，只是比以前宽阔了许多，平整了许多。没有了两道深深的辙痕，也没有了坑坑洼洼，再也不会一不小心就崴脚或摔倒了。

老孙的脚就是二十年前崴的。那时候他家生活窘迫，没有钱看医生，就用盐土搓，结果一直没有搓好，到现在走路依然一瘸一拐的。后来老孙拄着拐杖去青草坡放牛放羊，这是他每天唯一要干的活儿。

我们每天上学经过庄子院，往往会遇见老孙。他看见我们，就远远地打招呼，声音扯得长长的，像一条看不见的绳子，绳子的两头是两种不同的声音和身影。直到看不见我们的身影了，他才回头赶已经跑远了的牛羊，有的牛羊早已跑到了庄稼地里。他吓得飞奔过去，说是飞奔，其实就是快跳着。他捡起地上的石头，抢过去，驱赶牛羊。

牛羊也就此成为老孙童年最好的伙伴，无论天晴下雨，他都与牛羊为伴。多年下来，他的脚长期在露水或雨天奔走，瘸得更厉害了。后来，我问过老孙，他说，放牛和瘸都不是啥大毛病，就是这么多年了，一直娶不上媳妇。随后，是像岁月般漫长的一声叹息。

那天，我边走边等车。平时不坐车的时候，似乎看到各种车在路上跑，想要坐车的时候却一辆都不见。我想，要是等不到车，就走着去，走到新城，再从新城坐车。上中学的时候，我每周都从这条路上回家和上学，从家里到中学三十五公里，翻越一座大山就可以看到新城了。尽管已经十多年没有徒步走过这么远的路，我相信，自己一定行。

从学校到新城，要经过很多村庄，李家河、萝卜沟、大河桥、石拉路。最艰难的不是走过这些村庄，而是翻越后山坡。后山坡海拔三千多米，荒无人烟，它像一道门槛，阻挡着山这边石门人的梦想。

石门人常说："没良心的后山坡，一晚夕愁着睡不着。"那时候，物资匮乏，人们晚饭后就开始装木炭、扫帚、簸箕、背篓、筛子等自己生产的生活用品和农具，等收拾好已经深夜了。他们啃几口青稞面窝窝头，喝几口水，赶着驴、骡子和马出发了，牲口主要驮一些重的物件，轻一些的人们自己背着。

一路马不停蹄，到了后山坡不得不歇息几次。有时候几个人一块拣点干柴生堆火，烤烤被汗水浸透了的衣服，说是衣服，其实就是麻布衫，没有袖子。有时候，驴、骡子和马会突然吼叫，吓得人们赶紧穿上麻布衫四处巡查。夜色漆黑的时候，什么也看不到，他们打着火把守着牲口歇息。有月亮的时候，才知道，牲口吼叫是因为看到了狼，狼在后山坡出没。有时候，水壶里的水喝完了，实在忍受不了，就找牛蹄印里那一点脏水浇灭嗓子里的火。遇到下雨天，山路陡峭湿滑，一不小心就人仰马翻，也有牲口滚下山坡摔死。就这样，一路艰难地行走，天亮才到达新城营。

新城营是每月农历初一、十一、二十一的一个集贸交易。古时，这里有士兵安营扎寨，守护洮州城，每到营的时候便开放，四面八方的父老乡亲们来到城里向士兵们卖自己生产的物资，久而久之，就有了营，也就是集市。

每到这个时间，人们便去赶营。在营上找个地方，一边歇息啃点干粮，一边等待顾客到来。卖完货物，又逛营买一些生活必需品，之后又赶着牲口回家，直到星星缀满天空，人们才陆陆续续回到家里，顾不得吃饭，一头栽倒在暖烘烘的土炕上呼呼大睡。

由于长期要赶营换一些生活必需品，又要翻越"没良心"的后山坡，来回走一百三十多里路。新城以上的不少人经常戏称石门人为"东路长干腿"，我就是长干腿之一，这是讽刺，也是对东路人坚忍不拔的精神的敬佩。

经过魏家滩时，我加快了脚步，顾不上欣赏道路两边整整齐齐的白杨树，也没有心情像往日一样，送完学生路队后，在这条"林荫大道"上漫步、遐想。此刻，这些高大而整齐的白杨树似乎在齐刷刷地审视着我，使我浑身不自在，想找个洞钻进去，但没有洞，那些白杨树上的每一片叶子都像眼睛盯着我，使我无处逃遁。

路，越走越长，我感到有些疲惫，但还是强打起精神向前走着。我曾经是从这条路上走出去的，相信自己一定能走到新城，尽管已经很多年没有在这条路上步行了。

5

天还没大亮，昏暗阴沉。冷飕飕的风夹着雨丝抽打在脸上，一阵一阵地直往衣领里钻。

我和同学共三十多人，背着花花绿绿的包，在老师的统一指挥下，挤进一辆旧班车。车子启动了，我们像一根根被擦燃的火柴，似乎要点燃整个车厢。从王旗到新城都是土路，还要翻越大山。车子在坑坑洼洼的道路上缓慢地爬行着，渐渐地，一根根火柴被风吹灭，在摇晃的火柴盒中昏昏欲睡。

一路颠簸到新城时，已是下午。我们拖着疲惫的身子走进老师提前联系好的一家旅社。旅社不大，两层，砖木结构，能容纳三四十人。院子里有自来水管，清澈的水哗哗地往外喷。我们争先恐后地抢着水管喝水、洗脸，全身的疲惫瞬间被甘甜清凉的自来水涤荡得无影无踪。

以前，没有见过自来水，吃水就去村子不远处的泉里挑水，桶是木桶。上初中时，学校在三十多里外的磨沟村，平时饮用的水也是泉水，但大都改用塑料壶提，有十斤的，二十斤的，一放学就去提水。说是泉水，实际上就是小河边砂石坑里澄清的河水。大家拥挤在坑边，用勺子或壶盖将澄清的水舀到壶里，坑里的水被弄得浑浊不堪。遇到雨天，河水一涨，砂石坑淹没了，就直接舀河里的水。提回来，撒上盐，水就慢慢澄清，这样的日子整整持续了三年。

洗漱后，大家取出各自的干粮，蹲在自来水管旁边你推我让地掰一块儿给对方，有白面的、青稞面的，也有苞谷面的。一口凉水一口馍，吃得津津有味。待吃饱喝足了，便三三两两去街道上转悠。

　　淅淅沥沥的雨，加上行人的踩踏，整条街道泥泞不堪。街道两边是土房铺面，门大都是木板。我们从小旅馆门口开始，一家一家地逛，像小时候给村里拜年，生怕漏掉一家。逛完前街逛后街，逛完铺子逛城门，全然忘记了自己是来参加初中毕业预选考试的。

　　当整个小城被夜色淹没后，我们才三三两两地回到旅馆。打开房间的灯才发现，一个个都淋成了落汤鸡，一年里难得穿一次的新布鞋早已变成了一块块泥巴，裤腿上也到处是泥。但难以抑制的兴奋仍在谈笑中传播着，像一群麻雀飞到了一片新的树林里，叽叽喳喳地吵个不停。旅馆的老板催促了好几次，我们才渐渐安静下来，钻进被窝。

　　小时候，经常听村里人说去城里跟营，这里的"城"指的就是新城，"跟营"指的就是赶集。虽然跟营非常辛苦，但村里很多人因去过城里而自豪不已，茶余饭后能谈论很久。或许是考试和下雨的因素，新城给我的第一印象只是一个比我们时常见到的村庄大几倍的村子，只是有许多我们平日里难以见到的百货，一两条长长的泥泞的街道和古老的城墙。

　　考点在新城的临潭县第一中学，学校位于城内靠西的位置。校园里一幢旧楼格外显眼，是当时新城唯一的高楼，四层，是高中教学部，其他的都是一排排的青瓦房，是初中教学部，这也是方圆几十里唯一的一所完全中学。考了三天试，下了三天雨，我在青瓦房里，糊里糊涂地交上了人生的第一份答卷。结束后，匆匆离开这座泥泞的小城，又回到了大山深处。剩下的日子，一边帮父母干农活儿，一边等待中考成绩。

　　那一年，是1994年。我没有考上中专，令全家人都很失望。收割庄稼的时候，父母试探着问我将来选择走什么路，是出去打工还是在家务农。我说都行，要不就跟邻村的画匠学一门手艺，农忙时务农，农闲时就去跟着学画棺材。那时，农村的孩子几乎没有上高中的，对上高中没有什么概念。家家生活困难，没有钱供孩子们继续上学，很多孩子很早就辍学了，能够上完初中已经算不错了，更不用说上高中了。收割完庄稼，打碾，归仓后，地里的洋芋还没有到开挖的时候，我除了放牛放羊、砍柴火、挖地外，就在村里晃荡，无所事事。村里的小学已经开学一周了，看着孩子们无忧无虑地上学放学，心里突然莫名地五味杂陈。

一天吃晚饭时，父亲突然说要送我去城里上高中。那一刻，对准备一辈子务农的我而言，内心的激动是无法言表的，泪水在眼眶里直打转。我相信，父亲做出这个决定是非常艰难的，但父亲却说得很坚定。

经过两天的紧张准备，父亲从邻村借来一头毛驴，驮上铺盖、衣物和一个装着灶具、糌粑、锅巴、面、清油的旧木箱。凌晨一点，我和父亲匆匆吃了点馍馍，告别母亲后，踏上了去往新城的路。

天气阴冷漆黑，看不到一颗星星，也看不清脚下的道路。毛驴好像认识路似的，踢踏踢踏径直往前走，父亲跟在毛驴后面，我跟在父亲后面。就这样，我的求学之路在阴冷、黑暗和恐惧中向前延伸着。

到达后山坡山顶时，天还黑着。父亲说，累了吧，歇会儿。我靠着父亲刚坐下，就睡着了。等父亲叫醒我，天已经大亮了，一缕阳光洒在山川，金灿灿的，像父亲的爱。翻过后山坡，一眼就能看见新城，像一个谜，隐藏在晨曦和云烟里。

校门外有一排整齐的白杨树，树下是一块块草地。毛驴似乎不挑食，啃食着渐渐发黄的草叶。过了好长时间，才看见父亲三步并作两步走出校门，手里拿着一张纸条。父亲小心翼翼地把纸条叠好装进我的口袋说，拿好条子，等会儿安顿好了就去领书上课。那时，学校没有宿舍，除了本地的学生外，其他学生都租住在学校附近的人家里。我和父亲挨家挨户打问，最后在新城西门一户姓丁的人家找到了房子。

只有一间房子，通铺，已经住了四个人，只能再挤一个人，房租一学期是十五块钱。房东冷冰冰地说。

好好好！父亲连声说，挤一起好，冬天暖和些。

交了房租，卸下行李，安顿好我，父亲叮嘱道："天晴了把被子拿到外面晒晒，晚上盖的时候热一些。听老师和房东的话。我得赶紧回去，说好天黑前给人家还毛驴。"

父亲说完，没喝一口水就牵着毛驴匆匆出了门。望着父亲远去的背影，我突然觉得新城像一座空城，孤寂、迷茫，只有风席卷着灰尘，四处乱窜。

6

新城，是一座西部边陲古城的名字，它拥有西部地区保存最完整的卫城——洮州卫城。卫城始筑于明代，依山而建，黄土夯筑，宏伟壮观。明中叶后，在海眼池南另筑一垣墙及水西门瓮城，与洮州卫城形成一个整体，后于明成化、万历，清道光、咸丰年间进行了补修。

我租住的房子在洮州卫城西门，距离城墙非常近。放学后经常爬上城墙去背书。站在城墙上眺望，城外是一层层梯田，平整优美，线条秀气，色彩斑斓。不像我的家乡，在一条大山沟里，沟两边大都是石头山，山上的梯田很陡，像衣服上的一块块形状各异的补丁。一下大雨，那些田地似乎要被雨水冲走似的，看着让人担惊受怕。城内是整齐的洮州民居，没有田地，只有一些树木高出庭院，葱葱郁郁。一条长长的街道自西向东，在城中间形成一个柳叶形。黄昏时分，城外涌动着金色的麦浪，城内炊烟袅袅，城墙、树木、庭院若隐若现，似乎穿越到了古代，美轮美奂。

雪原是我的同桌，家在半山上的城背后村。一到周末，我就去他家前的海眼玩。海眼是一潭占地四百多平方米的水潭，遇旱不涸，遇涝不溢，四季景色宜人，周围碧草丰茂，绿树成荫。微风一吹，湖面荡漾着缕缕碧波，颇为迷人。明洪武二十七年，当地人把海眼称为徐达池潭，也有人称它为神龙池，后来又称作海眼。至于为什么叫海眼，至今我也没有弄清楚，各种说法都有，但大部分都无从考证。

海眼旁边有一口很深的老井，井水清凉甘洌。城背后村的饮用水皆来自这口井，我和雪原经常一起去打水。从井里打水，不仅需要足够的力气，还是个技巧活儿。老井很深，雪原却能非常熟练地打上来一桶桶井水，拿桶、拴绳、下水、甩绳、上拉，每个过程一丝不苟，这对我来说是个不小的挑战。经他手把手教，我学会了打井水。有时候，我提不稳，刚打上水来就洒了，望着白花花的水顺着草皮流到了湖里，心想，井水不犯河水，我这是井水犯了"湖"水啊。不免有些泄气，但全然不在意，继续打水，乐此不疲。

二十多年后，端午节我去逛新城时，专门去看海眼，令人失望的是海眼早已干涸，只剩下一片干裂的土地，就连旁边的井里，也早已没有了水。风吹过，井里发出呜呜的回声，像哭泣声，令我心中酸楚。

海眼被城墙围着，旁边有一瓮城，保存完好。瓮城对面，一道城墙沿山而上，连接着几个烽火墩，最高处的在凤凰山。传说当年在筑城时，突然飞来一只五彩凤凰，落至东陇山，东陇山遂被称为凤凰山。那时候，国家还没有实行双休日，周末只有一天。东路的学生要翻越"没良心的后山坡"，北路的学生要翻越大林山、长岭坡，我们都很少回家。一到周末，我就和雪原一起爬凤凰山。从山上向下看，洮州卫城一览无余。我们时常躺在凤凰山顶，任风带着懵懂的情歌响彻山川，任阳光染红青春的脸庞。那些花儿一样盛开的梦，被时间的寒霜打落在凤凰山，尘埃般被风吹得无影无踪。雪原给这座山起了一个凄美的名字：望妻山。这个名字，包含了太多的故事，或许，只有他才能真正懂得其中的含义。

除了爬山，看电影算是周末最奢侈、最开心的事了。1995年，电影《西下路迢迢》在城背后村拍摄。大家都没见过拍电影，匆匆跑去看。海眼周围拴着许多马，高大健壮，像一个个凯旋的英雄，充满豪气。许多着装奇异的男女，将海眼装扮成了一个古代场景。拍摄地点在城背后村一家建筑古老的人家，门口有几个人堵着，不让看热闹的人群进去，但我们还是很好奇围观着，直到夜幕降临才离去。

从那时起，"电影"一词便刻在了我心里。攒够五毛钱，就能看电影。一学期的租房费是十五元，做饭用的是煤油炉，一周能用一斤煤油，每斤一块钱。为了看电影，从房租里省钱显然是不可能的，只能少用些煤油。平时就啃干锅巴，有时候就拌糌粑吃。

在新城的那段岁月里，我看了许多电影，比如《小兵张嘎》《狼牙山五壮士》《红高粱》《白蛇传》《地道战》，最喜欢的要数武打电影了，像《少林寺》《无敌鸳鸯腿》《木棉袈裟》《大刀王五》。有一次，在城隍庙放映《百团大战》，我们早早跑去看。城隍庙里早已人山人海，根本挤不进去，只有硬钻在人缝隙间听喇叭里的声音。没过几天，城里就开始流传有关《百团大战》的顺口溜，至今回味无穷："百团大战，老汉擀毡；男人背炭；婆娘捻线；送到前线，一同抗战……"

星期天，除了爬城墙、看海眼、逛街道外，大部分时间就是睡觉、看电影。那一年，我也经历了懵懂叛逆的时光，打架，逃学，抽烟，喝酒。后来，我为此付出了代价，高考落榜。补习那年，我搬到了隍庙街住。

门口就是城隍庙，是一座明清时期的古建筑，当地人叫它隍庙。隍庙建筑造型淳朴浑厚，庄重典雅，甚是气派。隍庙前面、左面和右面都是民居，后面是梯田。除了端午节赛龙神热闹几天外，隍庙里就只有几位守庙的老人，非常清静。据老人说，隍庙毁了建，建了毁，饱经风霜和磨难。

隍庙的几位老人组织成立了东陇诗社，活动地点就在隍庙里。实在无聊时，我就去隍庙里听老人们讲故事、对诗。从那时起，我就开始偷偷地写一些长长短短的句子，诗的种子在我叛逆的心里开始慢慢发芽。

但这座城留给我的印象并不好。我是外乡的学生，经常受到城里人的欺负，挨打、租住的房间被盗、被房东刁难不让用水用电。二十多年过去了，尽管每次回家都要经过新城东门，却很少进城去，生怕一不小心掉进回忆的泥潭里。

现在想来，觉得自己迂腐。当一个人或一个地方在自己心中留下不好的印象，一段时间难以改变，甚至一生都难以改变。这只是自己跟自己过不去，刻意在心里放大了它的存在，忽略或缩小了原本一些美好的东西。就像洮州卫城一样，被人为地一再破坏，却忽略了它的真正价值。

7

"给你我的全部，
你是我今生唯一的赌注，
只留下一段岁月，
让我无怨无悔全心的付出……"

我一边注视前面的道路，一边哼唱着这首曾经一度喜欢的歌。秋风在车窗外呼呼地咆哮，远处泛黄的山顶上覆盖着一层浅浅的白雪。甘南的冬天来得很早，九月下旬就开始下雪，我已经习惯了这样的寒冷。有外地朋友来，我就会告诉他们，"甘南只有两个季节，一个是冬季，一个是大约在冬季"。

　　夜幕渐渐低垂下来，街道两边的灯光倒映在河面，泛着灵动斑斓的光芒。出租车师傅在滨河路停好车后，我沿着滨河路漫无目的地走着。

　　自从这个小城实施美化亮化绿化工程之后，滨河路两边散步的人越来越多，男女老少络绎不绝。或许是天气寒冷的原因，滨河路上人很少，有些冷清，白杨树在灯光下暗自晃动着，像一个个老人。我多么希望这些老人能听听我内心的话，十年了，我备感内心疲惫，奔波的命运一再让我几近崩溃的边缘。我现在似乎已经无力再撑下去了，已经放弃了太多的梦想。或许，今天做出的这个决定需要很大的勇气，我还是希望追寻真实的自己。我知道那些所谓的别人眼中的成功都不是自己想要的，谁也不知道我真正想要的是什么。无论是否成功，只要为梦想努力过，付出过，就是对生命的不辜负。

　　不知不觉来到了曾经熟悉的那棵歪脖树下，树上的叶子已经掉光了，剩下几根树枝裸露在风中，倒映在水面泛起的浪花里，忽明忽暗。突然，浪花里浮现出一张张熟悉的脸庞，他们是朋友，是兄弟姐妹，是曾经的同事。在人生的道路上，我们来自不同的地方，相聚在人生不同的驿站，邂逅一段短暂而美好的时光，之后又各奔东西，各自走自己的路，各自藏起自己的悲喜冷暖。

　　命运像一列火车，有人选择上去，有人选择下去，而我们却选择了沿着两条平行的铁轨奔跑，越跑越远，没有终点，没有期限，像一次永别。但他们的微笑一直留在我的心灵深处，那么灿烂，那么迷人，从未褪色。我揉了揉眼睛，再看时，水面上只有倒映的灯光和树枝，那些熟悉的脸庞似乎被水冲走了一样，怎么找也找不见。在这个熟悉而又陌生的小城，我感到落寞和迷茫。

　　那一夜，我在小城郊区一个条件简陋的旅社将就了一宿，几乎彻夜难眠。

天一亮，我匆匆搭上回家的班车。班车像一头吃力的牛车，在蜿蜒曲折的山路上缓慢爬行，像梦中泥泞小路上小心翼翼行走的羔羊。

望着窗外起伏的山峦顶着一朵朵白云在缓缓移动，心中掠过一丝丝悲伤。我从小的梦想就是当一名老师，与世无争，平平淡淡地陪伴着孩子们一起快乐地度过每一天，从来都没有想过要离开教师这个光荣而充满魅力的岗位，突然要离开了，心里却有种说不出的酸涩。

8

望着满地的狼藉，我心里烦躁极了。最怕的就是搬房子，尽管要搬的东西不多，但每次会有很多书要搬。除了书，似乎没有更多的东西；除了书，似乎什么都可以扔掉。多年来，我唯一舍不得的就是书，从石门搬到城关的时候，经过精挑细选只选择了十箱书，忍痛割爱将十一箱书当作废纸卖掉了，心痛了好几天。

我清楚地记得，十七年前在天津打工，后又在北京当钟点工，虽然很辛苦，还是买了不少书抽空阅读。年关临近回家，家人发现我除了带来两皮箱书之外，几乎没有带来其他的东西。尽管没有说什么，我还是隐隐感觉到了家人欲言又止的无奈。后来，家人也默许并支持我读书，毕竟在那个偏僻的小村读书的人并不多。

我的读书习惯也渐渐带动了村里好几个伙伴，我们一起读书，一起讨论，一起畅想未来。有一个发小辍学多年，早早就承担起了家庭的重担，但他偶尔也会加入我们，默默地听我们海阔天空地谈论。后来，村里大部分玩伴都因生活而放弃了读书，但那段时光给我们留下了一生都值得回味的美好。

我将书架上的书一本本认真地取下来，装进事先备好的纸箱里。一箱箱书堆得满地都是，几乎没有放脚的地方。这是一间不到二十平方米的房子，最里端是一张折叠式单人床，床边靠窗的位置是一张写字台，摆着一盏台灯、一台电脑，除此之外的桌面上几乎堆满书。

书桌旁边是赤褐色的电视柜，紧挨着一个简便式衣柜。衣柜对面摆着旧沙发和茶几，上面乱糟糟地堆满了即将要搬走的各种东西。挨着门的地方是一个旧书架，书架上的书已经被打包装箱了。书架底端是几盆已经枯萎了的兰草和吊兰，没有一点生气。我最喜欢在房间里养的花就是吊兰和兰草，因为中国自古以来对兰花就有看叶胜看花之说。我觉得兰草和吊兰一样，仰俯自如，姿态端秀、别具神韵，而且它们都容易存活。然而，我却将它们养死了，这的确有点令人不可思议。

我想将所有的书箱码起来，这样就不用占地方了。刚抬起来，纸箱就破了，书撒落了下来。我有些气馁，但又有什么办法呢，毕竟书太沉了，薄薄的纸箱是无法承受这种重量的。我无奈地坐在掉落的书上，望着枯萎的兰草和吊兰，想起这段令我忙碌、无助、孤独的日子。我多么希望回到过去，回到乡下村学那平静、充实而快乐的日子里。那时候，我和孩子们像一群无忧无虑的羔羊，在青山碧水间奔跑、歌唱；像一群群蝴蝶，在潺潺的溪水边和葱郁的草地上起舞、嬉戏；像一只只蜜蜂，在漫山遍野无数叫不出名儿的野花间穿梭，吮吸着芬芳的花香。我只能将这一切藏在心灵深处，藏在梦中。我知道，自己再也无法回到从前，无法找回那个曾经充满梦想的快乐的自己了。

我从门外小卖部找来了一沓编织袋，将书重新一袋袋装好，码在一起，打电话给弟弟。弟弟初中毕业后就辍学打工去了，那时经常拖欠工资，挣不了几个钱，后来学习厨艺，开饭馆、服装店、小百货店，都没能长久下去。我和哥哥商量让弟弟重新捡起自己的手艺，在附近开个饭馆。饭馆很小，只有六十多平方米，位置在乡政府旁边，生意还算过得去。

同事帮我把一些简单的家具搬到门外时，弟弟已经将三轮车开到了门前。装好车，我们向新的地点出发。我最终还是离开了学校，离开了孩子们，离开了站了十二年的三尺讲台。望着身后卷起的尘土，我有些迷茫，又有些无奈。

到达目的地时，天快黑了，冷风呼呼地刮着。整个小城灰蒙蒙的，没有一点活力。记忆里，这座小城就这样，只要天冷，破旧的街道上就很少有人，只有风和街道边音响里的叫卖声兀自窜来窜去，偶尔有几辆破旧的出租车，在十字路口旁边静静地等待着为数不多的客人。

弟弟的三轮车像海面上的小船，摇摇晃晃行进着。若路途再远一点，估计要翻车。我无奈地摇摇头，望了望这片灰蒙蒙的世界，心里多了一份迷茫和焦虑。

那一夜，我在出租屋里辗转难眠。恍惚间，觉得自己变成了一只羔羊，和无数的羔羊一样，被一双双无形的手揉搋着，撕扯着，自己的身体和心灵正在渐渐被掏空，直到眼前的一切，彻底掉进黑暗的漩涡。

那段时间，我一直默念着一首诗《原罪》——

> 我有不可饶恕的罪
> ——我爱过一个人，并且
> 还一直爱着
> 你饶不饶恕我，一点用处也没有
> 因为，你改变不了什么
> 我走在我一个人的歧途上
> 开心，或者不
> 都不重要
> 天堂和地狱之间，不过是
> 仰首和低头之间
> 我决心已定——
> 无论人间如何热闹，我只负责
> 把自己走完，把孤独和爱走完
> 就像一只满含着热泪
> 径直走向屠刀的羊

2013 年 3 月
2017 年 11 月改

164

石门金锁

清代临潭籍诗人陈钟秀有一首诗《石门金锁》，曰：谁劈石门踞上游，边陲万古作襟喉；任它纵有千金锁，难禁洮河日夜流。

相传，很久很久以前，连绵不断的山崖阻挡了洮河，洮河淹没了许多村庄和百姓，眼看河水继续上涨，更多百姓即将遭受流离失所之苦。一天，来一白发长髯老者，自称木匠。他举起一把大斧，用力一劈，山石顿开，但洮水依旧不畅，老者遂飞起用力一踩，洮水倾泻而下，拯救了两岸百姓。后来，百姓称呼开山老者为鲁班爷，鲁班开山的传说至今在洮州大地绵延不绝。据村里老人说，峡壁上留有一硕大脚印，就是当年鲁班爷留下的。我曾专门去找过，始终没有找见。

据洮州厅志记载，石门金锁为洮阳八景之一，其地处临潭县东部，与卓尼县洮砚乡毗邻。两座巍峨的大山像一对徐徐打开的门扇，汹涌的洮河穿门而过。从远处看，一座寺庙恰似一把金锁挂在石门峡之间，遂得名石门金锁。洮河两边有两个比较大的村庄，一个是石门口村，属临潭县石门乡所辖，另一个是挖日沟村，属卓尼县洮砚乡所辖，两村均依山而建，隔河相望。

石门乡处于一条大山沟中，上至石拉路村白松沟，下至园里村峡哇。从上至下有大河桥、罗堡沟、东山、草山、大桥关、山旦沟、占旗河、扎浪沟、梁家坡、石门口、园里等十一个行政村。新中国成立前，石门一沟属铁城乡（今王旗镇）管辖。新中国成立初期，上半沟设有罗堡沟乡，中间设有立洛同仁乡，下半沟设有石门口乡，属洮阳区（王家坟区）管理，后拨给羊沙区管理。1958 年撤区并乡，合为石门乡至今，乡址在大桥关村。有一首童谣，生动有趣地记载了石门一沟沿路村庄：

> 白松沟梁上啃骨嘟，下来就是石拉路；
> 石拉路的一大钱儿，下来就是大河桥；
> 大河桥的毛雌牛，下去就是罗堡沟；
> 罗堡沟的一面锣，下去就是李家河；
> 李家河的架杆多，下去就是大墙禾；
> 大墙禾的一壶酒，下去就是山旦口；
> 山旦口人穿的樟樟儿斜，下去就是占旗河；
> 占旗河里娃娃扒到窗台上，下去就到张家庄子上；
> 庄子上的娃娃多，下去就到梁家坡；
> 梁家坡里有铁杆，下去就是罗家湾；
> 罗家湾里辐条镢把多，下去就是张家坡和安家坡；
> 安家坡的麻包柱儿，下去就是油坊咀儿；
> 油房咀儿上坐下，下去就是党家；
> 党家磨道爱磨面，过去就是庄子院；
> 庄子院里狗咬狗，转过就是石门口；
> 这就是东路长干腿，把洮州跟营打回来。

我家就在石门乡石门口村党家磨社，石门峡山脚下。石门峡不远处有一烈士墓，上小学时，老师组织我们去扫墓，有一墓碑，记录了红四方面军到达临潭时五名红军战士遇害的事：

石门中国工农红军烈士墓碑记

经过二万五千里长征，北上抗日之中国工农红军爬雪山、过草地，于一九三六年胜利到达临潭。八月既望，全军北上。地方反动匪徒趁大军移动，蜂起骚扰。适有红军五战士未随队前进，越日，持枪而至三区四乡石门沟。其时，地方混乱，情况复杂，全县民团蜂起骚动，在反动政府领导之下，追杀我红军战士王约和等五位同志于石门沟地。一九四九年，甘肃解放，为追念先烈战士，群众在人民政府领导之下，查究杀害红军战士之祸首为张凤翔、徐林哥（现已死）、徐羊年成、徐兔年喜、董正汉、王吉善反动民团分别判处徒刑。今全国解放，人民翻身，为人民牺牲的先烈战士焉能坟墓湮没于荒烟蔓草间？今除将五位先烈灵柩重新安葬外，并将其被害始末刻之于石，以志不朽。

徐羊年成　徐兔年喜

董正汉　王吉善　张凤翔

公元一九五一年十一月

据《洮州的红色记忆》一书载："碑为红色砂岩质，系伞状帽身一体碑。左右两侧及顶部为云纹线饰。通高九十二厘米，宽四十厘米，厚十二厘米。文字两厘米见方。正文共十行，满行二十八字，每字一点五厘米见方，楷书。"

2008 年因修建九甸峡水电站，此烈士墓被淹。移民搬迁前，父亲和村里其他几位老人欲将烈士墓迁至库区外，但限于人力，遂取五烈士墓土，葬于淹没区外一平地，并立碑以示后人铭记。2013 年清明节前夕，此墓土迁至临潭县烈士陵园。

石门峡长有五六里，两面各有一条石路。左面是一条在石崖上凿出的羊肠小道，一边是悬崖峭壁，一边是汹涌奔流的洮河。小时候，我在这条石路上走过很多次，每次都心惊肉跳，怕一不留神掉下去，被汹涌的洮河卷走。这条河卷走过许多人，包括我的爷爷。据父亲讲，上世纪 40 年代初，爷爷去背炭，不慎掉入洮河，后来全村人沿河去找，但始终没有找到爷爷的尸体，只在洮河下游一露出的沙滩上，找到了一只鞋。相对于左面的小路而言，右面山崖上的路就好走多了，那是 50 年代"引洮工程"时所修，实际上当初是修一条水渠，后因多种原因被迫停工，那条未竣工的水渠就成了现在的路。

小时候，我常去峡口钓鱼、放牛。石门峡左边悬崖上有一巨大的洞，人们称之为喇嘛洞。沿着一条陡峭的小路攀援而上，就可以进入洞中。洞顶有一股溪水，常年滴落，下面一块大石头上，被水滴长年累月地敲打，敲出了一个小坑。我们只要去喇嘛洞玩，都会爬上大石头喝水，那水清冽甘甜，沁人心脾。我对滴水穿石的理解，就始于喇嘛洞。2008 年，"引洮工程"移民搬迁后，石门峡周围形成了一片堰塞湖，淹没了许多村庄和田地，也淹没了"金锁"，只留下两扇石门屹立在洮河两边。只有石门无金锁，洮阳八景之一的"石门金锁"名存实亡。水淹没了去往喇嘛洞的小路，喇嘛洞也就此成为悬崖峭壁上孤独的山洞了，像家乡迁移后我们的心，空荡荡的，没有着落，只有呜呜的风声隐隐地传出。真可谓：石门虚掩悬金锁，洮水携珠梦亦莹。两岸烟村飞鸟戏，山高水长月孤明。

金锁业已不复存在了，但那对石门却像昼夜敞开着，像在等待着我的归来，等待着我回家。尽管我远离故乡，但时常会抽空回老家。有一次，初春时节，回到老家，望着家乡漫山遍野的桃花和河岸新发的柳叶，不免想起 2019 年我为《洮州诗词石门专辑》所作的序言——

　　石门一乡，山高水长。处临潭东路，濒洮水汤汤；飞彩虹之高桥，连洮砚之藏乡。东滨卓尼，南邻王旗，西接新城，北倚羊沙；或取道盘旋于山径后山坡，或适桥辖舟于水路洮河渡。凡陟松岭高冈，极目远眺，群山巍巍，林木茫茫。上有入云曲径，野花妖妖；下通蜿蜒清波，蒹葭苍苍。洮阳八景之石门金锁，鬼斧神工，尽显雄秀风光。乡名得于斯，源远流长。观建置更迭，历经沧桑；人才辈出，大名远扬。民俗纯厚，耕读一方。庙会寓乐，百货盈场。生态新村，宇覆彩钢。户户喜气，人人眉扬。安居乐处，倾情谱写华章。

尽管父老乡亲已迁移至遥远的大漠深处十余年了，但心中那份对故乡的思念犹在；尽管石门里面的亲人不在了，但那对石门却永远敞开着。

2019 年 10 月
2020 年 6 月改

坚守和离开，都是生活（代后记）

2008年3月的一个夜晚，我躺在床上，毫无睡意。故乡的亲人们正在离开脚下的这片土地，我似乎听见洮河呜咽不止。多少人抹去眼角的泪水，不得不去陌生的地方开始新的生活。这的确是一次生死别离，他们中有老人，也有孩子，此生都将难以落叶归根。也许，当我们真正经历了背井离乡，经历了灵魂与肉体的别离，才能真正懂得离别的含义，才会真正珍惜人与人之间相遇和活着的美好。我不能随他们离开，留下来也只是因为生活。

与我而言，党家磨的消失也是一种离开，我应该做些什么？这个偏远而贫穷的小山村，是我的出生地，曾经在艰难的岁月里抚慰过我年少的心灵，在离开的这一刻，我想，应该有人将这片土地上的万物和喜怒哀乐记录下来，长时间以来，我都是在已经离去的亲人的诉说中感知着他们内心的伤痛，却始终未能见到关于故乡的只言片语。

那么，我愿意用自己的文字，去思考故乡对已经离开和留下来的人们的生命意义，我尝试着将其表达在我的诗歌中。在这个写作的过程中，我和故乡一次次靠近，又一次次感到力不从心。我觉得，可以用其他形式将这种遗憾背后的东西诠释出来，在我多年的写作中，这是一次尝试，它带给我另一种思考和一个重新认识故乡的机会。这是一个写作者的自觉性和使命感，我秉持真诚的写作态度，尽力重塑心灵的家园。

我曾不止一次地站在昔日的家园，长满苔藓的磨盘遗弃在青草丛中，它们亲近过的粮食在另一片土地上生根发芽；鸟雀依旧在故乡的上空飞翔，那些收留过它们的屋檐早已淹没在洮河中。当生活逼迫着我们离开故乡，我们不免伤感。然而，生活还要继续，这些回忆将渐渐成为我们生活的一部分，沉淀在我们的生命里。

我必须重视自己的内心，让思考能够温暖已经离去的亲人。我常常不止一次地想起像狗叔一样的人，他们世世代代守着洮河边的这片土地，日出而作，日落而息，过着物质贫瘠而内心宁静的日子。而今，他们在离我千里之外的广至藏族乡，顶着凌厉的风沙，在对故乡深切的怀念和眷恋中，继续艰难而崭新的生活。在那些已经离开的人们心中，淹没的村庄是他们一生的回望和心灵的家园，也是我写作中的一个精神符号，是我心灵深处不可替代的存在。

在这个日新月异的时代，一个村庄的消失和重建是社会发展的必然，但在这个进程中，我们都将成为内心流浪的人。而对于生活的热爱和思考是我们活下去的力量，陪伴着在异乡劳作的亲人，也慰藉着像老豆和我一样继续留在故乡的人们，在脱贫攻坚奔小康的路上，为更美满幸福的生活奋斗着。

近年来，中国作家协会不断加大对临潭县的帮扶力度，给了我勇气和信心，遂将一些平日写就的散文整理成册。《党家磨》记录的只是故乡的一小部分，是个人感性的叙述，不免浅陋，却倾注着我对生活的眷恋和热爱，对卑微的人、事、物的关注和悲悯，也渗透着对人生和命运的独特感悟与体验，有着浓郁的故土情怀和乡愁意识。

但这仅仅是一个开始，对于故乡的怀念和思考，从我离开的那一刻，从未停止。《党家磨》定稿后，我再次回到故乡，那个午后，我和老孙说起他这些年的漂泊。在写作中，我一直思考时代的变迁对个体带来的生命体验，而和老孙的交谈，让这种思考变得愈加清晰——

无论坚守，还是离开，都是生活。

花盛

2020 年 6 月 22 日于临潭

图书在版编目（CIP）数据

党家磨 / 花盛著 .—北京：作家出版社，2020.11
ISBN 978-7-5212-1107-8

Ⅰ . ①党… Ⅱ . ①花… Ⅲ . ①散文集－中国－当代
Ⅳ . ① I267

中国版本图书馆 CIP 数据核字（2020）第 166546 号

党家磨

作　者：花　盛
责任编辑：李宏伟　秦　悦
装帧设计：薛　怡
出版发行：作家出版社有限公司
社　址：北京农展馆南里 10 号　　　邮　编：100125
电话传真：86-10-65067186（发行中心及邮购部）
　　　　　86-10-65004079（总编室）
E-mail:zuojia @ zuojia.net.cn
http://www.zuojiachubanshe.com
印　刷：天津中印联印务有限公司
成品尺寸：152×230
字　数：143 千
印　张：11
版　次：2021 年 1 月第 1 版
印　次：2021 年 1 月第 1 次印刷
ISBN 978-7-5212-1107-8
定　价：49.00 元

作家版图书，版权所有，侵权必究。
作家版图书，印装错误可随时退换。